First Thought

당신의 첫 생각이 하루를 지배한다

"First Thought Becomes Your Day"

아침과 저녁, 나를 위한 사색 30day

"오늘도 성장을 위해
이 책을 펼친 당신에게 찬사를 보냅니다."

프롤로그

"생각하는 방식을 바꾸면 느끼는 방식이 바뀌고
느끼는 방식을 바꾸면 행동하는 방식이 바뀐다."

-조 디스펜자

철인 경기 중 척추가 벌어지는 끔찍한 사고를 당해 회복 불가능한 상태에 빠진 사람이 있었다. 의사들은 그 사람이 회생할 수 없다고 말했고 단 1명도 회복에 대한 가능성을 이야기하지 않았다. 허나 이 사람은 생각의 변화와 시각화를 통해 의사들의 강렬한 반대를 뚫고 6개월 뒤 기적적으로 걸을 수 있게 되었으며 완전히 회복된 삶을 살게 되었다. 말도 안 된다고 생각하는가? 방금 소개한 이야기는 조 디스펜자 박사가 실제로 겪은 이야기다. 생각의 힘은 이토록 강력하다. 여전히 우리의 현실에 잘 와닿지 않는 개념이지만 생각의 힘은 실제로 존재하는 과학적인 결과다. 생각은 실제로 우리의 미래와 현실을 모두 바꿔낼 수 있다. 물론 모든 불치병을 해소한다고 말할 순 없겠지만 적어도 하루 24시간의 성공은 충분히 일궈낼 수 있다. 흥미로운 점은 하루 24시간이 달라지면 다른 인생이 펼쳐진다는 사실이다. 24시간 동안 어떤 생각을 하느냐에 따라 우리는 생각에 맞춰 감정을 느끼게 되고, 생각대로 말하며 관계를 형성하고, 행동을 결정하게 된다. 그러니 생각이 우리의 현실을 창조하고 더 나아가 미래까지 창조한다는 말은 절대 틀린 말이 아니다.

"그런데 왜 사람들은 변하지 못한 채 똑같은 인생을 살아가는 걸까?"

사람들은 '나'라는 감옥에 갇혀있다. 다른 인생을 살고 싶지만 어린 시절부터 들어온 말과 환경, 관계, 주입받은 생각과 원칙들이 내 몸에 체화되어 거대한 관성을 형성해 버린 것이다. 아무리 달라지고 싶어도 주변에서 '왜 그런 쓸데없는 짓을 해?'라는 말까지 하니, 변하고 싶어도 도저히 달라질 환경이 형성되지 않는 것이다. 나는 성공학, 자기 계발 콘텐츠 크리에이터로서 수많은 프로 자기 계발러를 보아왔다. 허나 대부분이 인생을 바꾸어 내지 못한 채 꾸며낸 모습을 본인의 모습이라 착각하며 살아가거나, 원래의 모습으로 회귀하는 것을 수없이 보아왔다. 결국, 나라는 사람이 가진 관성의 힘을 이기지 못한 것이다. 따라서 우리가 진정으로 바꿔내야 하는 것은 단발적인 동기부여 콘텐츠가 아니다. 생각을 바꾸는 훈련을 당장 시작해야 한다.

그렇기에 이 책 제목을 〈당신의 첫 생각이 하루를 지배한다〉라고 지었다. 당신이 아침에 일어나자마자 하는 첫 번째 생각을 긍정적이고 건강한 방향으로 바꿔낼 수 있다면 당신의 미래는 당신이 알아차리지 못하는 사이에 천천히 달라질 것이다. 모든 사람은 '완성되지 않은 조각상'과 같다. 한 번의 생각이 조각상을 깎아내리는 한 번의 손길이라면, 우리의 인생은 의미 있는 몇백만 번의 건강한 생각을 통해 완성될 것이다.

앞으로 나는 당신과 〈생각을 바꾸는 30일의 여정〉을 떠나볼 계획이다. 이 30일의 여정 끝에 당신은 아침, 저녁을 합쳐 총 60가지의 새로운 관점을 가지게 될 것이며 가지고 있던 고정관념을 새롭게 정립할 것이다. 자신의 인생을 향한 기대감과 가능성을 느끼고 있다면 지금 이 책을 집어 들어라. 가방에 넣고 다니며 아침저녁으로 읽어라. 책의 빈 공간에 당신 만의 새로운 가치와 신념을 정립하고 세워나가라. 무조건 동의하지 않아도 괜찮다. 중요한 것은 이 책을 덮는 마지막 장까지의 여정이다. 어떤 상황에 처해 있던, 어떤 어려움이 당신의 인생을 가로막고 있던 그것은 중요하지 않다. 이 책은 보이지 않는 가장 낮은 곳에서 당신의 삶의 여정을 다시 시작할 수 있도록 당신을 도울 것이다.

작가 고윤 씀

1일 차 아침

아메리카 인디언들에게서 내려오는 신비로운 풍습이 하나 있다. 그들은 말을 타고 달릴 때 수시로 뒤를 돌아보는데, 이는 자신의 영혼이 떨어지지 않았는지 확인하는 것이다. 그들은 달리는 속도가 너무 빠르면, 영혼이 몸을 따라오지 못해 뒤처질 수 있다고 말한다. 이 이야기를 바탕으로 바라본 우리의 일상은 어떤 모습일까? 아침에 눈을 떠, 피곤한 몸을 이끌며 새벽의 여유를 누릴 틈 없이 일상의 루틴에 뛰어들지는 않는가? 출근을 위한 준비, 분주한 출근길, 아직 해결하지 못한 일과 산처럼 쌓여있는 일들, 이 모든 것들 속에 우리의 영혼이 나를 따라올 틈을 주고 있는지 생각해 볼 필요가 있다.

영혼과 육체는 분명히 구분되어 있다. 육체는 단순히 의지의 지시에 따라 움직이지만, 영혼은 그보다 더 세밀한 관리가 필요하다. 영혼은 육체와 함께 움직이는 것을 넘어서 당신의 삶의 의미와 목표를 이끄는 역할을 한다. 영혼이 뒤따라오지 못하게 된다면, 당신의 삶은 빠른 세상 속에서 멍한 상태로 남아버리게 될 것이다.

인생을 흘러가듯 보내는 것이 아닌 '산다'라는 것은 바쁜 하루

당신의 첫 생각이 하루를 지배한다

속에서도 자신의 영혼을 챙겨가는 일이다. 바쁘게 일상을 보내고 있다 하더라도 중요한 무언가를 놓치고 있진 않은지, 나의 영혼이 나를 잘 따라오고 있는지, 5분만 시간을 내어 나를 돌아보는 시간을 가져보면 어떨까. 바쁜 현대인으로 살아가지만 우리는 때때로 인디언이 되어야 한다. 삶의 흐름 속에서 영혼이 나와 함께하고 있는지 확인하고, 그 영혼이 가리키는 방향을 향해 몸을 이끌어주자. 온전한 인생을 산다는 것은 결국 나 자신을 사랑하고 존중하는 길과 맞닿아 있다. 지금 나의 영혼은 어느 방향을 향해 손가락을 가리키고 있는가. 그리고 당신에게 무어라 말하고 있는가. 잠시 귀 기울여보자.

"First Thought Becomes Your Day"

1일 차 저녁

우리는 때때로 인생에서 감당하기 힘든 어려운 상황을 맞이한다. 예기치 못한 사고로 인한 건강의 문제, 갑작스러운 친구의 죽음, 고대했던 계획이 무너지거나 연인과의 이별처럼 말이다. 이런 크고 작은 슬픔을 당신은 어떻게 대처하고 있을까? 한 가지 확실한 것은 많은 사람이 감정을 감추려고 한다는 것이다. 아마 슬픔을 감추는 일이 표현하는 것보다 더 익숙하기 때문일 것이다. "왜 울어?"라는 표현이 "울어도 괜찮아"보다 더 익숙한 것처럼 우리는 슬픔을 감추고 허락하지 않는 삶에 길들여져 왔다. 사회에서는 요동치는 감정을 참는 것이 도움이 된다고 말하고 있지만, 이것은 곧 사회를 살아가는 구성원으로 해야 할 역할을 의미할 뿐이다. 슬픔을 느끼는 것은 인간의 가장 자연스러운 반응이며 그에 따라 터져 나오는 울음은 그 흐름 그대로 내버려 두는 것이 순리다.

따라서 우리는 슬픔을 받아들이고 자신에게 울음과 눈물을 허락해야 한다. 슬픔과 아픔을 느끼는 것은 본질적으로 자연스럽고 인간적인 경험이다. 우리는 자신의 감정을 무시하거나 부정하는 대신, 슬픔을 받아들이고 울음을 허락하며 스스로를 위로해야 한다. 이것은 내가 겪는 감정을 충분히 느끼고 이해한다는 희망의 메시지이며 자신을 치유하고 다시 차분함을 유지할 수 있는 능력을 갖추게 한다. 그러니 깊은 고통이 닥쳤을 때, 슬픔을 온전히 느끼고 그것을 울음으로 표현하라. 흐르는 눈물에 힘든 상황과 어려운 마음을 담아라. 이것이 결국 우리의 감정을 건강하게 유지하는 방법이며 인생의 어려움을 이기는 가장 기본적인 방법이다.

☀️
2일 차 아침

'학습'이라는 개념은 이 세상을 온전히 살아가는 데 필요한 도구이자, 개인적인 경험과 지식을 쌓아가는 중요한 과정을 의미한다. 당신은 학습의 과정이 우리를 더 풍요로운 사람으로 성장시키면서 동시에 편협한 사람으로 만들 수 있다는 점도 알고 있는가? 우리는 어린 시절부터 부모님, 친구, 또는 다른 누군가에 의해 새로운 지식을 알게 되고, 그 결과로 생활의 요령과 같은 실수를 반복하지 않는 법을 배운다. 허나 옳고 그름을 명확히 구분해냄으로써 나와 다른 사람을 배제하고 편향된 사람으로 만드는 리스크도 존재한다.

'혈액형 B형과 나는 어울리지 않아' 또는 '나는 MBTI 중 I 성향과는 절대로 일할 수 없어'라는 식의 표현을 사용하는 것이 이 경우에 해당한다. 이런 생각은 우리가 과거의 경험과 학습에 국한되어 있음을 드러낸다. 물론 '나와 다름'이라는 개념이 불편함으로 다가올 수도 있지만, 사실 이는 내재된 장점을 드러나도록 돕기도 한다. 우리는 타인의 다름을 전적으로 존중하고 이해하는 과정에서 우리의 다름 또한 존중받을 수 있다는 사실을 깨달을 수 있다. 그뿐만 아니라 그 다름을 배우는 능력을 얻게 된다면 자연스럽게 넓은 포용력을 갖추게 된다. 이러한 이유로 우리는 자신만의 안경을 벗고 더 열린 시각으로 세상을 바라볼 필요가 있다.

세상의 기준이 끊임없이 변하는 것처럼, 자신의 기준 역시 끊임없이 변화할 수 있음을 인지하자. 때로는 가장 익숙한 것, 즉 '훈련된 학습'이 우리에게 편협함을 부여한다는 사실을 잊지 말자. 우리의 시각을 제한하는 것들을 경계하자. 우리는 마땅히 좁고, 편협하고, 편견이 있고 나의 의견만 중요하게 생각하는 사람이라는 조악한 틀을 벗어던지고 나의 잠재력에 걸맞은 더 넓은 가능성을 향해 전진해야 한다.

2일 차 저녁

연민과 두려움이 정반대로 흘러간다는 사실을 알고 있었는가? 연민과 두려움은 수시로 우리의 감정을 괴롭힌다. 연민은 자신의 가슴속에서 발생해 밖으로 흘러나간다. 누군가를 위해 눈물을 흘리고, 위로의 말을 전해주며 그 속에서 치유를 찾는 것이다. 허나 두려움은 외부에서 생겨나 우리의 가슴속으로 스며들어 각인된다. 몸이 굳고 절로 뒷걸음질 치게 만든다. 이 두려움이라는 감정은 원천적으로 우리의 뇌에 각인되어 있어, 가볍게 상상하는 것만으로도 몸이 얼어붙는 정도의 강력한 영향을 미친다. 이러한 두려움 앞에서 우리는 쉽게 당황하고, 깊은 곳에 숨고 싶은 유혹을 만들어 순식간에 상황을 합리화하여 도망가게 만든다. 두려움이 불러오는 일시적인 도피일 뿐임에도 말이다.

그러나 이러한 사실에 죄책감을 느낄 필요는 없다. 대부분의 사람이 그렇기 때문이다. 아니 사실, 모든 사람은 각자의 위치에서 두려움을 느끼며 하루하루를 살아가고 있다. 어떠한 두려움이든 좋다. 그 두려운 감정을 제공하는 상황과 주체를 떠올려보자. 그리고 그 주체자 또한 두려움에 휩싸일 수 있다고 생각해 보자. 상사에게 보고하는 것에 대해 부하 직원이 두려움을 느낀다면, 상사 역시 자신의 실수를 두려워하고 있고, 이별을 두려워하는 사람이 있다면, 그 이별을 선고하는 사람도 같은 두려움을 느껴본 적이 있다. 이처럼 우리는 모두 같은 감정을 공유하며 살아가고 있다는 사실을 명심해야 한다.

따라서 두려움을 바라보는 관점을 바꿔야 한다. 극복해야 할 문제가 아니라 우리가 수용해야 할 삶의 일부라고 생각해야 한다. 두려움이라는 쓰나미 앞에서 우리는 대부분 도망을 친다. 그러나 무언가를 극복하려면 도망치지 말고, 그 파도를 향해 뛰어들어야 한다. 서핑보드를 들고 파도를 향해 주저 없이 달려가자. 쓰나미에 삼켜질 것 같은 두려움에 다리에 힘이 풀리고 타는 듯한 갈증이 느껴질 수도 있다. 그때 시련에 부딪히는 희열을 느껴라. 살아있음을 느끼며 거친 파도에 올라타라. 그 순간, 우린 인생에 다시없을 멋진 파도를 향해하며 도약의 순간으로 삶을 끌어올릴 수 있을 것이다. 덮쳐오는 파도의 크기에 집중하지 마라. 어떻게 그 파도를 멋지게 탈 수 있을지 고민하라. 어려움은 내가 극복하는 순간 작은 일이 돼 버린다. 그때 우린 삶의 가치를 깊게 경험하게 된다. 두려움, 그건 내가 뛰어넘는 순간 장애물이 아니라 도약이 된다.

3일 차 아침

　자기 자신을 돌아보는 것은 과감한 일이다. 열 번 잘하는 것보다 실수를 반복하지 않는 게 더 중요하다는 말처럼 자신의 인생을 직접 돌아보고, 반성하고, 그 과정에서 발견된 부적절한 부분을 인정하고 교정하는 것은 인생에서 매우 중요한 일이다. 자신이 만족스럽지 않다는 생각이 든 적이 있는가?

　삶을 돌아봤을 때, 타인에 의해서가 아닌 스스로 부족하다고 느끼는 순간이야말로 가장 진실한 자기반성의 시작이다. 스스로 싫어하는 모습이 되어가는 과정에서 고통이 느껴지면 우리는 '합리화'라는 무기를 꺼내 들며 자신을 속이려고 한다. '사람과 교류하지 않아도 행복하다', '나는 원래 이런 사람이다'라는 말로 마음을 위로하려 한다. 허나 이런 합리화에서 벗어나야만 스스로 솔직해질 수 있다. 100% 만족스럽지 않다는 것을 인정하고, 그래도 조금씩 나아지고 있다는 것을 자각하는 것이다.

　자신에게 솔직한 사람은 자신의 부족함을 인정하고, 그 부족함을 극복하려는 큰 용기를 가진 사람이다. 그리고 이 모든 것을 실천하는 사람이 바로 당신이다. 오늘 아침에도 당신은 목표를 향해 발걸음을 떼었다. 이건 곧, 더 나은 나를 향한 진보이며, 이

당신의 첫 생각이 하루를 지배한다

과정에서 우리는 나를 더 알아가고 성장하게 된다. 오늘 아침, 당신의 성장에 찬사를 보낸다. 이렇게 매일매일을 솔직하고 용기 있게 살아가는 당신이라면 어떤 고통스러운 상황에서도 용기를 잃지 않고 자신의 인생을 더욱 의미 있게 만들 수 있을 것이다.

3일 차 저녁

세상에는 인생이 모두 괜찮게 흘러가는 사람들이 존재한다. SNS를 통해 이들의 삶을 살펴보면 '나만 힘들게 사는 건가'라는 생각에 열등감이 치솟는다. 그 순간, 당신의 방은 암울한 공간으로 변모하며 마음은 비통함으로 가득 차 나를 더욱 동요시킨다. 그러나, 이 사실을 명심해야 한다. 우리가 동경하는 그들의 삶은 당신이 비교와 질투로 자신을 잃어버리기 전의 모습이다. 그대 역시 더 나은 삶을 위해 걸어가고 있는 한 사람이다. 가끔 부담감에 이 사실을 잊어버릴 때도 있지만, 아직 마음에 반짝이는 꿈이 있다는 걸 명심하라. 현실의 어려움을 이겨내는 것은 결국 희망이며 이 꿈을 현실로 이루는 핵심 요소는 '실천', '인내', '믿음'이다. 잊지 말라. 우리는 모두 언젠가 이 레이스를 마치고 목적지에 도달할 것이다. 잘난 타인의 삶을 보며 무력감을 느끼거나, 이를 통해 나타나는 열등감에 타인을 비난할 필요는 없다. 나는 나, 그들은 그들이다. 오늘 하루는 당신의 꿈을 향해 한 걸음 더 나아가는 중요한 시간이었다. 그 발걸음을 작은 것으로 여기지 말라. 이 작은 발걸음이 모여 큰 변화를 만들어낼 것이다.

이러한 인식이 바탕이 되었다면 당신에게 필요한 것은 명확한 계획과 실행이다.

첫째, 어떤 꿈을 가지고 있는지 정확히 정의하라. 당신이 지향하는 목표를 구체적으로 생각하는 게 좋다. 둘째, 그 꿈을 이루는 데 필요한 단계를 파악하고 그것을 계획에 담아라. 이는 당신이 추구하는 목표를 달성하는 데 필요한 구체적인 액션 플랜이 될 것이다. 셋째, 이 계획을 실행에 옮기라. 실행 없는 계획은 아무런 의미가 없다. 넷째, 장애물과 실패를 인내하며 꿈을 이루는 과정에서 끊임없이 믿음을 가지고 나아가라. 이는 결국 당신이 가는 길을 밝게 비추는 등대가 될 것이다. 이런 일련의 과정을 거치며 주변 사람에게 휘둘리지 않고 자신의 길을 나아가라. 나는 나였으며 그들은 그들이었다는 것을 기억하며 오늘 하루는 나의 꿈을 향한 소중하고도 중요한 발자국이었음을 잊지 말라. 이 발자국은 결코 작은 것이 아니다.

세상에는 수많은 천재가 존재한다. 역사적으로 본다면 5살 때 오페라를 작곡한 모차르트가 있고, 게임 이론을 만들어낸 수학자 폰 노이만 같은 사람도 있다. 그들을 보고 있자면 나와는 차원이 다른 존재로 느껴진다. 심지어 그들은 '유전적으로 타고난 천재'라는 수식어가 달려있다. 허나 진정 그들과 우리의 차이가 타고난 재능뿐일까? 만약 그렇게 생각했다면 당신은 90% 이상 사람들의 공통적인 착각에 휩싸여 있다. '그 친구는 재능이 있어서…', '그 친구는 태어날 때부터 뛰어나…'라는 말로 그동안 해온 수많은 노력을 외면한 채 '재능'이라는 핑계로 화살을 돌리진 않았는가. 그렇게 안도하며 만족스럽지 않은 현재의 삶으로 빠르게 돌아왔던 것은 아닐까?

천재를 떠올리며 우리가 마땅히 집중해야 하는 것은 '재능'이 아니라 '노력'이다. 우린 어쩌면 그들이 가진 재능뿐만 아니라 노력 또한 따라가지 못하고 있는 게 아닌지 스스로 질문해야 한다. 모차르트는 한번 작곡을 시작하면 일주일 넘게 방 안에서 나오지 않았고, 폰 노이만 또한 한번 문제를 맞닥뜨리면 해결할 때까지 자리에서 일어나지 않았다. 만약 이 내용이 사실이라면 노력의 결정이 빛나기 시작하여 꾸준함이라는 단어를 지나 재능이라는 이름으로 태어난 것이 아닐까? 주어진 삶에 마땅히 노력하지 않는 사람이 될 것인가, 아니면 주어진 재능에 천재들의 노력을 보태어 천재의 반열에 들 것인가?

자, 여기서부터는 당신의 자유다.

4일 차 저녁

고대 그리스의 철학자 에픽테토스는 우리에게 깊은 메시지를 전달한다. 그는 저녁을 두고 '하루의 마지막은 우리의 의지를 다스리는 시간'이라 정의했다. 이 말은 우리가 오늘 하루에 직면한 모든 상황과 그에 반응했던 행동을 살피고 수정하는 시간이 매우 중요하다는 것을 의미한다. 여기서 중요한 질문이 한 가지 생긴다. 왜 우리는 반복적으로 같은 실수를 범하게 될까?

가장 적절한 대답은 우리가 자신을 돌아보고 반성하는 시간을 충분히 가지지 않았기 때문이다. 수동적인 사람은 밀린 예능을 보거나, 나태하게 널브러져 저녁을 보내기 바쁘다. 밤이 되었을 때, 오늘 하루 동안 했던 선택과 결과를 되돌아보는 것은 다음날 더 나은 선택을 할 기회를 제공하며 이것은 성장에 중요한 역할을 한다. 그러므로, 저녁의 시간을 소중히 여기는 것은 매우 중요하다. 우리는 이 시간을 이용해 내일은 어떻게 더 나은 선택을 할 수 있을지 고민해야 한다.

에픽테토스의 말처럼, 찬란한 미래에 대한 의지를 다지는 것은 자신의 삶을 능동적으로 주도하는 법을 알려주고 작은 시련에도 금방 일어설 수 있는 근육을 만들어 준다. 그러니 당신이 가지고 있는 저녁을 더욱 지혜롭게 사용하라. 간단한 방식으로 그대의 저녁이 마법의 시간이 될 수 있다.

당신의 삶을 힘들게 하는 한 가지 요인은 그 어떤 유혹도 이길 수 있다는 기대감이다. 우리는 자신이 굴하지 않을 것이라는 담대한 기대를 가지고 유혹에 맞서지만, 결국은 보란 듯이 실패하곤 한다. 이런 실패는 단순한 하루하루의 에피소드가 아니라, 우리 삶에 깊게 뿌리를 내리고, 내면을 패배주의적 사고로 이끌어가는 무서운 도구가 된다. 인내에 대한 실패는 우리가 쌓아 올린 도전의 열정과 기운을 조금씩 소비하며 마음을 허물게 한다. 따라서, 만약 자신을 유혹에 쉽게 빠지는 성향을 가진 사람이라고 생각한다면, 이를 빠르게 인정하고 직면하는 것이 더욱 이로울 것이다. 그렇지 않다면 당신의 마음은 무의식적으로 패배주의적 사고로 가득 차게 될 것이며 그로 인해 전진을 위한 에너지를 잃어버리게 될 것이다. 기어코 유혹에 굴복한 후에야 그것이 얼마나 무모한 행동인지를 깨닫게 된다면, 그땐 이미 많은 시간을 허비했을 것이다.

다시 한번, 반복되는 유혹을 돌아보고 그것을 이기려는 대신에 피하려는 의지를 갖자. 만약 집에서 일하는 것이 어려움을 주는 유혹이라면, 집 밖에서 일을 완료하고 귀가하도록 노력하라.

습관적으로 휴대폰 게임을 켜게 된다면, 게임을 애초에 깔지 말라. 간식을 자주 꺼내먹게 된다면, 처음부터 간식을 구매하지 않도록 하라. 스스로를 통제할 수 있을 거라는 잘못된 믿음이 오늘도 당신을 실패로 인도한다면, 그것은 반드시 바꿔야 할 행동이다. 유혹에 빠지지 않는 사람은 지혜롭다고 말할 수 있다. 그리고 유혹에 빠지지 않는 삶은, 곧 올곧게 성장하는 삶을 의미한다. 당신은 어떤 삶을 선택할 것인가? 단 한 번의 선택이 삶의 궤도를 바꿀 수 있다. 그대를 유혹하는 것을 철저하게 배제하는 일이 필요하다.

5일 차 저녁

우리가 겪는 고통과 슬픔의 원인이 타인일 때가 있다. 타인의 무책임한 행동은 우리에게 무거운 짐을 주며, 때로는 그 짐의 원인이 타인이라는 사실을 잊기도 한다. 내가 느끼는 부담감과 고통을 통제하기 어렵다는 사실을 인지하게 되면 우리는 '죽고 싶다'라는 말을 서슴지 않게 하게 된다. 물론, 이런 말을 하는 대부분 사람이 그 행동을 하지 않으리라는 것을 알고 있다. 심지어 그 말을 하는 본인들조차도 그럴 의도를 갖고 말하는 것이 아니라는 사실을 인지하고 있다. 이런 말을 무심코 입에 담는 것은 자기 파괴적인 행동으로 자주 반복하게 되면, 내면이 부식되고 주변 사람들이 내게서 멀어진다는 사실을 인지해야 한다. 그러므로, 자기 파괴적인 말을 입 밖으로 꺼내는 걸 의도적으로 피해야 한다.

대신에, 그 짐의 주인을 찾아보는 것이 어떨까? 자신의 문제를 타인의 탓으로 돌리는 것은 일반적으로는 권장되지 않는 행동이지만, 가끔은 그게 필요할 수도 있다. 그것이 자신이 겪고 있는 상황에 대한 이해를 돕고, 고통과 슬픔을 덜어주는 일종의 해결책이 될 수 있기 때문이다. 이는 자신의 책임을 완전히 회피하는 것이 아닌, 자신이 겪고 있는 상황에 대해 조금 더 객관적으로 이해하고, 적절한 해결책을 찾아내는 데 도움이 될 수 있다. 당신이 모든 걸 잘못했을 리는 없다. 나에게 향했던 화살을 나에게 고통을 준 사람에게 일정 돌린다면 자신을 보호하고, 스트레스를 관리하며 그 고통에서 벗어나는 데 도움을 받을 수 있다.

'우산'은 대개 비를 피하기 위한 실용적인 도구로 인식되지만, 다양한 문학 작품에서 '비'는 고난과 시련을 상징하며 '우산'은 힘든 시간을 피하게 해주는 '사랑과 배려'의 상징으로 그려진다. 특히나 비를 맞고 있는 다른 사람을 위해 '우산'을 펼쳐줄 수 있는 사람을 보며 우리는 비록 자신의 어깨가 조금 젖더라도 타인과 함께 공존하며 사는 것이 얼마나 아름다운지를 느끼곤 하는데, 특히 나에게 소중한 사람이 있다면 그 감정은 더욱 크게 다가온다.

간혹 우리는 '배려'라는 단어에 깊은 착각에 빠지곤 한다. 배려는 남을 위해 마음을 쓰는 행위를 말한다. 상대방의 요구보다 나의 마음이 더 앞서 행하는 행위에 가깝다. 물론 상대가 배려를 요구하는 경우도 있다. 하지만 이 또한 본인이 원하지 않으면 선의를 거절할 수 있다. 결국, 배려를 하고 하지 않고는 본인의 선택인 것이다. 허나 많은 사람은 일종의 보상심리로 배려에 대가를 바라곤 한다. '이번에 내가 널 배려했으니 다음엔 네가 날 배려해주겠지!', '저번에 내가 널 배려했는데 넌 왜 날 배려하지 않지?' 같은 마음이 자신도 모르게 피어나는 것이다. 이런 감정을 느끼는 건 너무나 자연스럽지만, 배려를 하며 대가를 바라는 일은 그만 내려두길 바란다. 그 순간부터 배려가 나를 갉아먹는 일이 되기 때문이다. 보상심리는 당신의 생각을 지배하고, 피해의식만 증가시키며, 의도의 순수함을 상실시킨다. 그렇게 당신은 가장 사랑하는 사람에게 우산을 펼쳐주고 계산기를 두드리는 모습을 보게 될 것이다.

우리가 배려의 준비를 함으로써 생활에 따뜻함과 친절함이 증가하면 그것만으로 뿌듯함을 느끼면 된다. 바라지 않아도 감사함을 느낀 사람은 당신에게 긍정적인 일을 선물할 것이다. 그러니 너무 조급해하지 말자. 당신이 건넨 배려는 대가가 없을 때 가장 빛이 난다.

6일 차 저녁

우리가 과거의 과오를 외면하는 것은 대체로 '마주하기 싫은 고통스러움' 때문이다. 고통을 피하는 것이 본능이고, 이는 우리가 살아가는 데 필요한 기본적인 방어 메커니즘이다. 여기서 하나의 질문을 던져본다. 과거를 피해왔던 당신은 현재를 만족하며 살아가고 있는가? 급급하게 도망치며 멈추지 않고 달려왔던 당신의 가슴은 만족감으로 채워져 있는가? 아니면 텅 빈 황무지 같은가? 여기서 또 다른 중요한 질문을 던져본다. 과거의 후회로부터의 도망은 결국 내면의 성장을 억제하지 않았는가? 당신이 어떤 연령에 있든, 지금 어디에 있든, 무슨 일을 하고 있든 중요하지 않다. 왜냐하면, 과거를 수긍하고 변화할 기회는 아직도 있기 때문이다.

기억을 되돌리고, 천천히 자신을 재정비하는 과정은 분명 고통스럽다. 허나 이런 인식을 역이용해 우리는 성장할 수 있다. 자신이 어떤 과거를 가지고 있든, 그것을 피하거나 무시하는 대신, 직접 마주해 궁극적으로 받아들이는 것이다. 이를 통해 우리는 자신에 대한 더 깊은 이해와 연민을 얻을 수 있으며 한층 강해지는 자신을 느낄 수 있다.

지난 과오가 당신이 누구인지 정의하지 않는다. 현재와 미래는 여전히 당신의 손에 있다. 왜 우리는 자신을 이해하고 사랑하는 것에 시간을 투자하지 않을까? 나를 부정하면 밝은 미래는 존재하지 않는다. 부족했던 과거를 포용하라. 그건 어느 누구도 아닌 당신만 해낼 수 있는 일이다.

"First Thought Becomes Your Day"

7일 차 아침

　많은 사람이 가지고 있는 오해 중의 하나는 무작정 달리다 보면 결국 목적지에 도달하게 될 것이라는 생각이다. 방향 없는 활동은 에너지를 허비할 뿐이고 결국은 중요한 순간에 필요한 에너지를 남겨두지 못하는 결과를 초래한다. 그런데도 이런 방식으로 삶을 진행하는 이유는 호흡이 가빠지고 체력이 소진되는 것으로, 내가 삶에 능동적으로 참여하고 있다는 안도감을 느끼기 위한 것이 아닐까?

　물론, 열심히 달리는 것도 중요하다. 허나 잘 달리는 것도 중요한 덕목이다. 많은 사람이 하는 착각하는 것 중 하나가 목표인데, 그 목표가 반드시 거대하거나 다른 사람들에게 인상적이어야 할 필요는 없다. 누군가는 프랑스에서 먹었던 맛있는 요리를 다시 먹기 위해 여행을 계획할 수 있다. 또 다른 이는 자신이 좋아하는 수집품을 더 많이 모으기 위해 일을 더 하는 것일 수도 있다. 이러한 목표들은 외부적으로 보기에는 사소해 보일 수 있지만, 그것이 갖는 '가치'는 결코 작지 않다. 그럼에도 불구하고 내가 세운 목표가 어색하거나 부끄러워 보일 수 있다. 하지만 목표의 '가치'는 어떻게 보이는지가 아니라, 당신에게 어떤 의미가 있는지에 따라 결정된다. 당신에게 의미 있는 목표를 세우는 것은 삶을 좋은 방향으로 이끄는 데 중요한 역할을 한다.

따라서, 첫 번째 단계는 자신이 중요하게 생각하는 것에 대해 생각해 보는 것이다. 이 과정에서 우린 건강한 목표를 만들 수 있으며 이것이 앞으로 당신을 이끌 '가치'가 될 것이다. 두 번째 단계는 이 '가치'를 위해 어떤 행동을 취할 것인지 결정하는 것이다. 이 행동이 목표를 향해 전진하는 발돋움이며 당신의 에너지를 관리하는 방법이다. 마지막 단계는 가치와 행동을 지속적으로 점검하고, 필요시 재조정을 하는 것이다. 이를 통해 당신은 행복한 삶을 향한 현명한 통찰력을 가지게 될 것이다. 목표란 우리를 앞으로 이끄는 가치의 다른 말이다. 거대하거나 작다는 것은 중요하지 않다. 중요한 것은 그것이 당신에게 어떤 의미가 있는 지다.

어른이 된다는 것은 어떤 의미일까? 일부는 가정을 꾸리는 것을 어른이 되는 거라 주장하고, 또 다른 이는 스무 살 생일을 넘긴 것을 어른이 되는 것으로 생각한다. 그러나 앞서 말한 건 어른이 된다는 것의 단순한 지표에 불과하다. 실제로 어른이 되는 것은 가졌던 환상을 하나하나 지워가며 현실을 남기는 것이 아닐까? 아이들은 공상의 꿈을 꾸곤 한다. '나는 대통령이 되겠다.' 혹은 '김연아나 손흥민처럼 세계적인 운동선수가 될 것이다'라는 같은 꿈이다. 이런 꿈은 제약이 없으며 그들의 상상력은 어떠한 제한도 받지 않는다. 그러나 우리는 자라면서 이러한 꿈을 '망상'이라고 부르며 현실의 무게 앞에서 꿈을 포기하게 된다. 허나 세상을 바꾸고, 자신의 삶을 개선하는 사람은 대부분 현실적인 판단만 가지고 있는 게 아니라, 어린아이처럼 끊임없이 꿈을 펼치고 있다. 그들은 현실을 외면하지 않지만, 품에 지니고 있던 꿈도 절대로 포기하지 않는다.

이것이 진정 어른이 되는 과정이다. 어른이 된다는 건 현실과 꿈을 모두 받아들이는 것. 둘 사이에 균형을 찾는 것을 의미한다. 우리는 현실을 완전히 인식하되, 그것이 우리의 꿈을 불가능하게 만들지 않도록 해야 한다. 따라서, 좋은 어른이 된다는 것은 '현실'과 '꿈'을 함께 공존할 수 있는 능력을 갖추는 것이다. 그것은 우리가 꿈을 지키면서도 충분히 현실을 직면할 수 있음을 보여준다.

8일 차 아침

프랑스의 대표적인 실존주의 철학자 장폴 샤르트르는 인생을 'B[Birth]와 D[Death] 사이의 C[Choice]라고 표현하였다. 이 말은, 우리의 생애는 끊임없는 선택의 연속으로 이루어진다는 점을 시사한다. 오늘 아침에 어떤 교통수단으로 출근할 것인지, 어떤 태도로 하루를 시작할 것인지, 심지어 어떤 마음으로 이 글을 읽을 것인지까지, 모든 것이 '선택'의 영역에 속한다. 여기서 중요한 점은 많은 사람이 자신의 삶에 있어서 '선택'의 중요성을 간과하거나 잊어버리는 것이다. 대부분의 사람은 자신의 일상을 스스로 선택하는 것보다 다른 사람이 선택한 것을 따라가거나 상황에 이끌리는 삶을 살아가곤 한다. 그들은 타인이나 상황에 의해 이루어진 선택이 자신의 미래에 어떤 영향을 미치게 될지 전혀 고려하지 않는다. 그저 흘러가는 대로 이끌려가는 것이다.

이러한 선택의 부재는 사실상 자신의 삶을 포기하는 것과 다름없다. 선택하지 않는 삶은 당신의 삶에 속해 있지 않다는 것을 의미한다. 당신의 인생은 당신의 것이다. 타인의 선택에 의해 죽음Death을 맞이하는 삶은 자연사가 아니라 타살에 가깝다. 이런 사실을 분명히 인지하고, 그에 따른 행동을 취하는 것이 중요하

당신의 첫 생각이 하루를 지배한다

다. 따라서 우리는 자발적인 선택을 통해 삶을 주도하고, 그에 따른 결과를 책임지는 삶을 살아야 한다. 물론 쉽지 않은 일일지도 모른다. 허나 쉽지 않다고 해서 다른 사람의 선택에 이끌려가는 삶을 살아가는 것이 답은 아니다. 당신의 삶은 당신에게 속해 있고, 당신의 선택을 통해 주도해야 한다. 이것이 바로 샤르트르가 말한 '선택'의 중요성이다. 이런 선택의 권리와 책임을 인식하고 행동하는 것이 바로 우리가 살아가는 세상에서의 '삶'이란 것을 진정 이해한 것이다.

☾

8일 차 저녁

    사랑과 욕망의 굵직한 차이를 이해하는 것은 자칫 까다로울 수 있다. 사랑은 때로 순간적으로 욕망으로 변질되어 우리가 사랑하는 사람과의 관계를 복잡하게 만든다. 이것이 시작되면 적절한 관계와 심리적 공간이 조금씩 시절 인연처럼 무너져버려 작은 일에 싸우고, 사소한 의견 차이에 힘들어하게 된다. 그렇게 사랑과 욕망의 경계에서 점점 혼란스러워지는 것이다. 만약 상대방을 내 마음대로 움직이고 싶은 마음이 있다면 그것은 욕망이다. 하지만 상대의 마음을 이해하는 관심을 통해 배려하는 것은 사랑의 표현이다. 우린 사랑하는 사람의 모습을 온전히 인정하고 받아들이는 사랑을 하고 있는지 스스로 자문해보아야 한다.

    당신은 사랑하고 있는가, 아니면 욕망하고 있는가?

    인간은 모두 완벽할 수 없으며 자연스럽게 '욕망'이 생기는 것은 불가피하다. 그 사람이 나를 사랑했으면 하는 욕망, 그 사람과 함께 식사를 나누고 싶은 마음 그리고 상대가 변하지 않길 바라는 마음마저 모두 욕망의 한 형태이다. 잠시 이 모든 것을 내려두고 눈을 감은 채 3초 동안 숨을 들이켜보자. 그리고 사랑하는 사람을 떠올려보자. 그 사람이 가장 바라는 것은 무엇인가, 그 사람에게 가장 적합한 사랑은 어떻게 표현해주어야 할까? 우리는 이 질문에 직면함으로써, 자신의 욕망을 잠시 내려두고 진짜 사랑을 실천할 수 있다. 그 순간 상대방은 비로소 자신이 있는 모습 그대로 받아들여진다고 느끼게 될 것이다. 나를 초월하고, 남을 이해하며 한 사람을 그대로 받아들이는 힘. 이 사랑의 힘을 반드시 터득할 필요가 있다.

9일 차 아침

수많은 학자가 언급하는 새벽의 신비한 힘, 그것은 무엇일까? 해가 뜨기 전의 새벽, 세상이 아직 잠들어 있는 순간은 고요함이 가득하다. 이 고요함은 마치 세상을 투명한 렌즈로 바라보게 하는 느낌을 준다. 모든 것이 선명하게 보이고, 오감이 생생해진다. 이때 우리는 자신을 진정으로 대면하게 된다. 자신의 숨겨진 모습들 그리고 그 안에 품고 있는 무수한 가능성들. 새벽의 고요함 속에서, 우리는 지난날의 과실을 되돌아보고, 아직 이루지 못한 소중한 목표를 상기할 수 있다. 무엇보다, 내가 진정으로 무엇을 원하고, 그것을 이루기 위해 어떠한 행동을 취해야 하는지에 대한 고민을 불순물 없이 할 수 있다.

오늘 새벽, 당신은 어떤 생각을 하였는가? 그 생각은 당신의 하루를 시작하는 데 어떤 영향을 미쳤는가? 아직 불확실하다면, 내일 아침은 좀 더 일찍 깨어나 창밖을 내다보자. 새벽의 고요함을 통해 내면의 세계를 바라보자. 그 고요함 속에서 우리는 새로운 '나의 세상'을 발견하게 된다. 아직도 알지 못하는 나의 모습들, 앞으로 이루어질 나의 가능성, 그 모든 것들이 새벽의 고요함 속에서 당신을 기다리고 있다. 이런 식으로 새벽을 활용하는 것은 당신의 삶에 새로운 힘을 부여하는 일이다. 새벽의 고요함이야말로 어지러운 마음을 환기시키는 바람, 당신의 야망을 촉진하는 연료다. 그렇게 새로운 하루가 시작될 때, 보다 정돈된 나로 하루를 조금 더 풍요롭게 보낼 수 있을 것이다. 새벽의 고요함은 우리에게 새로운 시작을 선사하는 위대한 선물이다.

9일 차 저녁

프리드리히 니체는 한때 "모든 것이 문제가 된다는 것은 생각이 너무 많다는 것을 의미한다."라고 말했다. 이 말은 우리 일상에서도 충분히 공감할 수 있다. 하루를 마치고 집으로 돌아왔을 때, 어떤 이는 피곤한 몸을 이끌고 의미 없는 시간을 보내다 잠에 빠질 수 있다. 그러나 다른 누군가는 아직 일어나지도 않은 문제에 대해 고민하며 그 걱정으로 인해 침대 위에서 잠을 못 이룬다. 생각이란 삶을 정리하는 데 있어 중요한 도구일 수 있다. 그러나 모든 것이 과유불급이듯, 생각이 과도하게 많아지면 오히려 자신을 병들게 만들 수 있다. 당신이 항상 기억해야 할 것이 있다. 갑자기 머릿속을 채우며 괴롭히는 걱정의 50%는 일어나지 않았고, 일어나지 않을 허상이라는 것이다. 이것은 이미 경험으로 익히 알고 있을 것이다.

우리는 자신의 마음을 괴롭히는 고민에 휘말리지 않기 위해 생각의 깊이를 조절하는 법을 배워야 한다. 생각은 필요할 때만 유용하게 사용되어야 하며, 그것이 우리의 삶을 지배하게 두어서는 안 된다. 적절한 생각은 내일을 위한 계획을 세우거나, 무심했던 오늘을 반성하는 데 큰 도움이 될 수 있다. 그러나 그 생각이 과도하게 많아진다면 그것은 암세포처럼 일상을 우울로 잠식시킬 것이다. 그러니 무의미한 고민을 멈추고, 창문을 열어 좋아하는 음악을 틀어보는 것이 어떨까? 오늘 하루도 잘 보냈다는 안심과 함께 밖에 펼쳐진 고요한 밤하늘과 빛나는 네온사인들이 우리의 고민을 조용히 녹여줄 것이다.

☀

10일 차 아침

매년 봄이 도래하면 사람들은 벚꽃 피길 기다렸다 거리로 몰려간다. 명소는 물론이고, 평소 별 관심 없던 길도 벚꽃이 폈다 하면 밤낮을 가리지 않고 사진을 찍고 손을 잡고 걷는 사람들이 가득하다. 우리가 이렇게 동시다발적으로 모이는 것은 벚꽃이 다 떨어지기 전에 그 아름다움을 마음껏 즐기기 위함이다. 결국, 벚꽃이 가지고 있는 가장 중요한 아름다움 중 하나는 '찰나'다.

'찰나의 아름다움'은 순식간에 사라져 버린다. 하지만 그 짧은 시간 동안 벚꽃은 사랑하는 연인들, 일로 지친 직장인들, 아이를 학교에 보낸 부모들, 공부에 지친 학생들에게 감동을 선사한다. 영원히 존재하지 않고 짧은 시간 반짝이다 사라지는 가치를 가졌기 때문이다.

우리의 매일은 찰나이자, 반복되는 아름다움이다. 하루하루가 반복되어 자칫 지루하게 보일 수 있지만, 그 순간은 고유하고 그 어느 것으로도 대체할 수 없다. 모든 순간이 삶 그 자체이며, 그 순간을 최대한 살아내는 것이 우리의 책임이다. 다음 봄이 되면 벚꽃이 다시 필 것을 알고 있다. 벚꽃의 아름다움을 다시 느끼기 위해 두근거리는 마음을 가지며 다음 봄을 기다리는 것처럼,

당신의 첫 생각이 하루를 지배한다

우리의 내일도 그러한 두근거림으로 고대해 보자. 그 찰나의 순간을 소중히 여기다 보면 하루하루가 벚꽃축제인 것처럼 해맑게 일상을 보낼 수 있을 것이다.

10일 차 저녁

대다수의 사람은 인정하고 싶지 않은 것을 부정하며 살아간다. 이는 대부분 실제로 존재하는 것들이다. 그것들은 무형의 힘으로 우리의 일상을 구성하고, 우리의 행동과 선택에 영향을 끼친다. 오늘 하루만 돌아봐도 그 사실을 명확하게 확인할 수 있다. 당신이 인정하고 싶지 않았던 사람의 기쁜 소식, 고대했던 일의 실패, 이해할 수 없는 말로 마음을 상하게 한 사람 등. 마이너스적인 일을 경험하면서 일상을 보냈다면, 당신의 신체와 마음은 아마도 피로에 찌들었을 것이다. 그런 상황에서 우리는 인정해야 할 것을 제대로 수긍하는 방법을 배워야 한다. 이건 그리 놀랍지 않은 사실이다. 내일은 다시 해가 뜰 것이고, 당신을 괴롭혔던 사람이 여전히 당신 주변에 존재할 것이다. 그래서 우리에게 조용히 앉아서 사색하는 시간이 필요한 것이다. 인정해야 할 것을 인정하지 않고 버티는 상황이라면, 그것은 결국 당신을 고립시킬 것이다. 그런 상황에서는 아침에 해가 뜨더라도 그 빛이 당신에게 닿지 않는다. 왜냐하면, 당신은 그 빛을 인정하지 않고 있기 때문이다.

인정해야 할 것을 받아들이는 것, 그것은 삶에서 어려운 일일 수도 있다. 그러나 고통을 받아들이는 건 삶에서 피할 수 없는 성장통의 과정이다. 그렇게 자라나 전진하다 보면 어두운 그림자만 있던 그대의 삶에 다시 한줄기 빛이 내리고, 이내 희망과 에너지를 가지고 또렷한 시야로 일상을 보낼 수 있을 것이다. 부정하고 싶은 것을 피하지 말라. 도망가면 도망갈수록 그것이 당신을 더 괴롭힐 테니.

11일 차 아침

우리가 연못에서 마주하는 연꽃은 그 화려함과 더불어 변화와 성장의 중요성을 상기시키는 귀중한 상징이다. 연꽃은 수면 아래에서 힘겨운 과정을 거쳐 탄생한 것이기에, 그 가치가 더욱 반짝이며 빛난다. 이는 불완전한 상황에서 피어난 완전함의 아름다움을 뜻하며 고난이 우리 삶을 더 아름답게 해 준다는 것을 보여주는 일종의 메타포이다.

생활의 많은 순간에서 우리는 종종 주변 환경을 향해 손가락질한다. 나는 어떻게 자라왔는가, 나는 어떤 질병에 시달리는가, 왜 나는 이런 일만 하는가 등등의 생각에 신세 한탄을 하는 것이다. 이럴 때마다, 연꽃을 떠올리는 것이 중요하다. 연꽃은 고요하고 굳건하게 자신의 환경에서 가장 잘 적응하려고 노력한다. 그것은 환경에 대한 항변 없이, 항상 최선을 다하는 태도를 만든다.

마찬가지로 우리는 연꽃에서 배울 수 있는 가치를 인생의 다양한 면에서 적용해 볼 필요가 있다. 자신의 현재 상황과 환경에 대해 비관하는 사람은 아무리 재능이 뛰어나더라도 자신이 설정한 한계에 부딪히게 될 것이다. 우리는 환경을 뛰어넘고, 자신의 한계를 극복하며 성장의 꽃을 피울 수 있는 능력을 갖추고 있

당신의 첫 생각이 하루를 지배한다

다. 따라서 그런 변화와 성장을 위한 액션 플랜을 수립하고, 과정의 아름다움을 깨닫는 게 중요하다. 나의 능력과 재능 그리고 미래에 대한 비전을 명확히 인식하고, 그것을 바탕으로 일상생활에 변화를 가져올 수 있는 콘크리트한 행동을 계획해보자. 그리고 그 행동들을 실제로 실행하는 과정에서, 나의 한계를 뛰어넘는 경험을 하자. 이런 방식으로 하루하루를 발전의 기회로 삼고, 불완전한 상황을 뛰어넘다 보면 우리가 겪는 일상에 생기 넘치는 에너지로 가득 찰 것이다. 당신도 연못의 연꽃처럼 그 어떤 상황에서도 아름답게 피어날 수 있다.

11일 차 저녁

'리치 라이프Rich-life'라는 표현을 듣고 자연스럽게 생각나는 이미지는 많은 부를 축적한 사람의 인생일 것이다. 그러나 '리치 라이프'가 의미하는 바는 비단 재정적인 부만 의미하는 것이 아니다. 그것은 당신의 삶의 방식과 가치를 포괄하는 넓은 개념이다. 가장 중요한 것은 물질적인 풍요가 아닌 내면의 풍요를 향한 동경이다. 자산이 풍부하더라도 마음이 가난한 사람은 탐욕과 욕망으로 가진 재산을 탕진하고 스스로를 파괴한다. 또한, 더 많은 부를 축적하려는 탐욕은 우리 주변에서 발생하는 소중한 인연을 놓치게 만든다. 소중한 순간과 인간관계는 돈으로는 살 수 없는 높은 가치를 지니고 있다.

리치 라이프를 사는 사람들은 더 많은 것을 가지려는 욕망보다 그들이 가진 것에 대한 감사의 마음을 가지고 있다. 그들은 물질적인 것과 정신적인 것을 충분히 이해하고 만족하며 이러한 풍요로운 내면의 삶은 다른 사람에게 귀감이 되기도 한다. 당신이 현재 얼마나 많은 것을 원하는지에 대해 한 번 생각해 보자. 그리고 그것이 당신을 어떤 사람으로 만들었는지 고민해 보자. 만약 욕망에 빠져서 소중한 것을 잃어버렸다면, 그것은 나에게 소중한 가치를 다시 한번 생각해 볼 시점일 수도 있다. 이러한 과정을 통해 물질적인 부에서 해방하고 자신의 삶을 어떻게 가치 있게 만들 수 있는지를 발견하게 되면 진정한 '리치 라이프'로 살 수 있게 된다. 결국에는 내면의 풍요로움, 가치를 아는 삶, 소중한 순간들에 대한 깊은 이해가 당신에게 짙은 평화를 선물해 준다는 걸 기억하라.

☀
12일 차 아침

세계적인 작가 생텍쥐페리는 그의 불멸의 명작인 '어린 왕자'에서 순수함이라는 개념의 중요성을 강조한다. 이 작품의 주인공인 어린 왕자는 복잡하고 암울한 세상을 간결하고 신선한 눈으로 바라보며 사랑과 우정의 깊은 가치에 관해 이야기한다. 이런 순수한 시선은 삶이 가진 복잡함과 추악함을 단번에 정화하는 능력을 부여한다.

사람들은 '세상을 살아가는 올바른 태도'라는 이름 아래에 '순수함'의 가치를 무시하거나 경시하려는 경향이 있다. 그러나 이런 접근법은 실질적인 문제를 무시하는 것이다. 진정한 가치를 지닌 것은 오랜 시간 동안 지속되고, 우리 생활의 일부분을 이루고 있는 것들이다. 그러나 복잡하고 찌든 시선으로 이런 가치를 바라본다면, 우리는 그 가치를 버려진 페트병이나 썩은 나무처럼 받아들일 것이다.

어린 왕자가 우리에게 말해주는 교훈은 무엇일까? 당신이 지칠 만큼 힘든 하루를 보내고 있다면, 그 안에도 어떤 것이 중요하고 소중한지 끊임없이 자각해야 한다는 것이다. 수많은 사람이 왕래하고, 차들이 지나가는 도로에서도 필 꽃은 꽃을 피우는 법이다. 이것은 당신이 아무리 어려운 상황에 치해 있더라도, 그 안에서 가치와 미를 발견할 수 있다는 것이다. 더 나아가, 이런 상황은 '어린 왕자'에서 우리가 배우는 가장 중요한 교훈 중 하나를 부각시킨다. 그것은 바로 복잡하고 어려운 세상에서도 우리는 여전히 순수함과 아름다움을 가지고 있으며, 사랑과 우정이라는 가치를 이해하고 유지할 수 있다는 것이다. 당신이 세상을 보는 방식을 조금 바꾼다면 순수함을 찾는 건 그리 어려운 일이 아니다.

12일 차 저녁

우리는 끊임없이 배우는 것의 중요성에 대해 논의한다. 대다수의 사람은 자신의 부족함을 인정하면서도, 그보다 더 큰 욕망을 품고 있다. 그러므로 우리는 나에게 필요한 것을 끊임없이 배워야 한다. '배우고 공부한다.'라는 말이 진정한 의미를 가지기 위해서는, 배운 것을 반복하여 복습하고 사용하는 것이 필수적이다. 당신이 매일 새로운 지식을 습득하고 복습하지 않는다면, 상당 부분을 잊게 될 것이다. 이미 이런 방식에 익숙해졌다면 스스로에게 질문해야 한다. 당신이 지금 배우고 공부하는 것은 진정 지식을 축적하고 성장하고자 하는 욕구 때문인가? 아니면 다른 사람들에게 뒤처지는 것이 두려워서인가?

복습이라는 과정에 익숙하지 않은 사람은 강의를 듣는 동안 흘러가는 내용에만 집중하게 된다. 이런 상황에서는 '나는 충분히 잘하고 있다'라는 착각에 빠질 수 있다. 그러나 이것은 바람직한 배움의 방식이 아니다. 배움의 과정에서 중요한 것은 그것을 깊이 이해하고 소화하여 그 지식을 완전히 내 것으로 만드는 것이다. 그래서 끊임없이 배우는 것만큼이나 끊임없이 복습하는 것이 중요하다는 사실을 인식해야 한다.

현재 당신이 복습의 중요성을 간과하고 있다면, 반드시 이를 개선해야만 한다. 복습은 새로운 지식을 구축하는 데 필수적이므로 최근에 배운 게 있다면 빠른 시간 안에 복기하는 습관을 가져라. 재확인하는 것 이상의 의미가 있다는 걸 알게 되면 진정한 배움의 과정을 완성하고, 그 과정을 통해 얻을 수 없던 것까지 폭넓게 얻을 수 있을 것이다.

13일 차 아침

"계속된 낙관주의는 힘을 2배로 만들어준다."

- 콜린 파월

전 미국 국무장관 콜린 파월은 실패에 대한 두려움에 대해 우리에게 중요한 교훈을 가르쳐주었다. 그는 '실패는 종착점이 아니라, 배울 수 있는 시작점'이라는 주장으로 실패라는 개념에 대한 새로운 시각을 제공하였다. 이 말은 무수히 많은 명언 집에 등장하는 '실패는 성공의 어머니'라는 격언과 같은 맥락에서 이야기해 주는 것이다. 매스컴을 통해 만나게 되는 성공한 사람들이 자주 언급하는 한 가지, 그것은 바로 긍정적인 마인드의 중요성이다. 그들이 지금의 위치에 도달한 데는 길고 긴 시간이 소요되었다. 그 시간 동안 그들은 수없이 많은 실패를 겪었다. 그리고 그 실패를 통해 어떻게 하면 더 나은 사람이 될 수 있는지, 어떻게 하면 목표를 달성할 수 있는지 배웠다. 그들이 낙관주의를 가장 중요하게 생각하는 이유는 실패에서 오는 좌절감과 상대적 박탈감을 쉽게 이겨낼 수 있는 가장 큰 무기이기 때문이다.

이런 방식으로, 그들은 실패를 부정하거나 피하려고 하지 않는다. 오히려 실패를 인정하고, 그것에서 배울 수 있는 것을 찾아내는 것으로 실패를 승화시키는 것이다. 이러한 태도를 통해 지속해서 자신을 성장시키고, 발전시키며, 더 나은 사람이 된다. 이것이 성공하는 사람이 가진 태도다. 실패는 끝이 아니라, 돈으로 배울 수 없는 걸 얻을 기회이며, 그것을 통해 우리는 더 나은 사람이 된다. 당신은 그간의 실패를 어떻게 바라보았는가. 작은 생각의 전환만으로 삶은 달라질 수 있다.

"First Thought Becomes Your Day"

13일 차 저녁

프랑스의 유명한 철학자 르네 데카르트는 '나는 생각한다. 고로 존재한다.'라는 명언을 남겼다. 이는 자신의 의식과 사유를 가진 존재가 진정한 존재라는 사실을 부각한 것이다. 반대로 말하면, 스스로 생각하지 못하고 타인의 의지에 따라 행동하는 사람은 존재 자체가 부정되는 것으로 표현할 수 있다. 여기에서 우리는 존재의 근본적인 가치가 스스로 생각하고 판단할 수 있는 능력에 있음을 알 수 있다.

데카르트는 특히 저녁 시간을 '고요함 속에서 본질적인 것들을 탐구하는 시간'으로 보았다. 그는 하루의 마지막을 홀로 보내며 어지럽혀진 생각을 정리하고, 그 과정에서 자신의 존재와 삶의 의미를 찾는 것을 중요하게 여겼다. 이것은 그가 '나는 생각한다. 고로 존재한다.'라는 말의 실질적인 의미를 어떻게 실천했는지를 보여주는 사례이다. 불행히도 많은 사람은 자신의 본질적인 모습을 잊은 채 사회 속에서 살아가고 있다. 우리는 타인의 기대와 압박으로 결정되는 삶을 살아가며, 그 과정에서 자신의 의지와 생각을 무시하곤 한다. 이런 현상은 특히 하루를 마무리하는 저녁 시간에 두드러진다. 사색의 시간을 가지지 않고 멍청히 하루를 지나치게 된다면, 우리는 그날 하루 동안 제대로 존재하지 않았던 것과 다름없다.

기억하자. 스스로 생각하고 판단하는 과정은 우리의 존재와 삶의 가치를 결정한다. 또한, 하루를 마무리하는 시간은 그날의 경험과 생각을 정리하고 본질적인 것들을 탐구하게 한다. 이것이 바로 데카르트가 말하는 '나는 생각한다. 고로 존재한다.'의 진정한 의미며 이를 통해 우리는 자신의 존재와 삶의 가치를 실현할 수 있다.

당신은 오늘 '존재'했는가?

14일 차 아침

찰리 채플린은, "개인은 천재다. 그러나 군중은 머리 없는 괴수, 거대하고 야수 같은 바보가 되어 시키는 대로 행동한다."라고 말했다. 이 말은 단지 군중 심리에 대한 비판만을 의미하는 것뿐만 아니라 개인의 독립성과 자기 주도성 부족을 지적하는 중요한 메시지를 함축하고 있다.

많은 사람들은 자신의 잠재력을 알지 못하고 타인이나 사회적 분위기에 이끌려가기 바쁘다. 남들이 다 하는 유행을 따라가기 바쁘고, 심지어 취미마저도 내가 하고 싶은 것이 아닌 남들이 하는 것을 따라 하는 경향까지 보인다. 당당한 리더가 되기보단 대중이 되는 선택밖에 할 수 없게 된 이유는 뭘까? 왜 우리는 상위 1%가 아닌 나머지 99%가 되길 자처하게 된 걸까?

마음이 요동친다면 다음 질문을 꼭 자신에게 해보길 바란다.

'나는 어떤 전문가가 되고 싶은가?'
'나는 어떤 것을 중요하게 생각하는가?'
'내가 남들보다 특별한 건 무엇인가?'

이런 성찰은 단순한 행동뿐만 아니라, 자신의 기준과 가치를 확립하게 만든다. 자문자답의 시간은 남들에게 휩쓸려가지 않고, 자신만의 힘으로 탁월한 능력을 발휘하는 기반을 만들며 이것이 바로 찰리 채플린이 강조했던 '개인의 천재성'이다. 당신은 군중의 일원이 아니라, 자신만의 독특한 능력과 높은 가치를 가진 개인으로 도약할 수 있다. 가끔은 내가 하는 분야에 정상을 찍은 모습을 상상하라. 불가능하다고 말하는 사람은 아무도 없다.

14일 차 저녁

철학자 가브리엘 마르셀은 인간들 사이에 공감과 이해가 이루어질 수 있다는 깊은 신념을 가지고 있었다. 그것은 나와 달리 보이는 타인, 나와 다른 환경에서 살아온 타인에 대한 이해가 곧 인간의 깊은 연결을 만들어낸다는 믿음이었다. 서로의 가슴 깊은 곳을 이해하려는 의지가 있다면 완전한 이해가 가능한 일이라고 그는 믿었다.

좋아하는 사람과 보내는 시간은 이러한 이해를 가능하게 하는 완벽한 순간이다. 치열한 경쟁 사회에서 분주함을 가라앉히는 순간. 우리는 상대방과의 대화를 통해 서로의 내면을 바라볼 수 있는 시간을 가지게 된다. 이런 시간은 때때로 우리에게 큰 가르침을 주는데, 그것은 자신과 맞은편에 있는 상대의 진실한 모습에서 새로운 생각과 감정을 알 수 있게 해주기 때문이다.

우리는 긴 대화를 통해 세상을 바라보는 시간을 가져야 한다. 그리고 그 시간을 통해 우리의 삶이 어떻게 흘러가고 있는지를 자세히 살펴보아야 한다. 잠시 걸음을 멈추고 함께 세상을 바라보는 시간을 가지는 과정에서 서로를 더 깊이 이해하고, 몰랐던 것을 알며 나 자신을 더 솔직하게 바라볼 수 있게 된다.

당신의 첫 생각이 하루를 지배한다

사랑하는 사람과의 함께하는 저녁이나 친구와의 산책은 당신이 생각하는 이상으로 삶에 긍정적인 영향을 끼친다. 단순한 안부가 아닌 너와 나의 감정을 이해할 수 있는 대화를 하길 바란다. 인생은 사람과 사람으로 이어져 있는 하나의 유기체며 공존했을 때 더 빛나는 법이다.

15일 차 아침

프랑스의 문학자 마르셀 프루스트는 '잃어버린 시간을 찾아서'라는 자서전을 통해 우리에게 삶과 기억에 대한 귀중한 통찰을 전한다. 그는 이 작품에서 아침마다 차와 쿠키를 즐기며 어린 시절로 회귀하는 경험을 이야기하며 그 순간들이 어떻게 그의 내면 탐색과 자아 성찰의 동력이 되었는지 섬세하게 표현해낸다. 일상적인 순간이 그를 내면 깊은 곳까지 이끈 과정을 이해하다 보면 또 하나의 지혜를 배울 수 있다.

우리는 기억의 바다를 유영하며 인생을 살아간다. 새로운 추억들이 지속적으로 정신 공간에 유입되다 보면 과거의 기억을 순차적으로 잊어버리곤 하는데, 사실 기억은 절대 사라지는 것이 아니라 마음속 깊은 어딘가에 묻어질 뿐이다.

추억의 장소나 감각적인 경험, 특히 냄새나 맛과 같은 강력한 경험은 옛 기억을 쉽게 깨어나게 한다. 잊혀진 기억은 여전히 많은 행동과 반응에 영향을 미치며 이것은 우리가 인식하지 못하는 무의식적인 결정을 좌우하는 무형의 힘일 수 있다. 우리가 어떤 사람을 좋아하거나, 어떤 음식을 좋아하거나, 어떤 감정적 반응을 보이는 건 과거의 축적된 경험에 의해 결정된다. 심지어 성

당신의 첫 생각이 하루를 지배한다

격과 취향, 성장과 발전에까지 영향을 끼치니, 기억은 우리의 삶과 자아를 이해하는데 중요한 열쇠이다. 당신은 내가 어디서 왔는지, 어떤 사람인지 그리고 어디로 가고 있는지에 대해 깊이 생각해야 한다. 잃어버린 시간은 없다. 단지 우리가 떠올리지 않을 뿐, 심적인 여유가 없는 날이라도 추억에 잠기는 건 삶을 성찰하는 데 있어 아주 소중한 시간이다.

15일 차 저녁

현대인의 삶에서 '애도의 부족' 문제는 정신분석학자들이 끊임없이 지적하는 주제 중 하나다. '애도의 부족'은 쉽게 말해 어제는 서글픈 장례식장을 찾았을지라도, 오늘은 그 손을 털고 일상으로 복귀해야 하는 감정적 자아와 사회적 자아와의 딜레마 속 고통을 말한다. 대다수는 그 안에서 '감정적'인 것이 올바른 사회인이 아니라는 판단하에 슬픔을 억제하고 일에 몰입하는 선택을 하게 된다. 이것이 바로 '애도의 부족'의 시작이다.

이것이 과연 옳은 것인가? 우리는 어렸을 때부터 '울지 마라'는 금기를 걸고 성장했다. 감정을 억누르는 것이 사회에 적응하고 생존하는 데 유리하다고 배운 것이다. 그러나 어디까지나 이것은 우리가 만든 규칙일 뿐, 그것이 삶을 건강하게 살아가는 데 필요한 것은 아니다.

슬픔은 가장 인간다운 감정 중 하나다. 그것은 우리가 삶의 손실과 변화에 대응하며, 그로부터 새로운 삶을 찾아가는 과정에서 필수적인 감정이다. 이런 맥락에서 본다면, 슬픔을 느끼고 그것을 표현하는 것은 시련을 받아들이고 다시 힘을 얻어 새로운 삶을 이루어 나가는데 반드시 필요한 과정이다.

따라서, 슬픔을 느끼면 그것을 부정하지 말고 받아들여라. 이유 없이 울고 싶다면, 아직 가슴속에 소화되지 않은 슬픔이 남아 있다는 증거니 인정하고 울어도 된다. 애도하고 공감해라. 이를 통해 삶의 아픔을 극복하고 다시 일어설 수 있을 것이다. 슬픔은 끝내 우리를 더욱 강하고 풍요롭게 만드는 도구라는 점을 잊지 말자.

☀

16일 차 아침

자화상과 '별이 빛나는 밤'으로 잘 알려진 빈센트 반고흐는 독특한 예술적 세계관으로 지금까지도 끊임없는 존경과 사랑을 받고 있다. 그는 외로움, 고통 그리고 아련한 유년 시절의 추억을 그림으로 표현하는 동시에 자신이 누구인지, 존재에 대한 고찰을 그림으로 전달했다. 이는 그를 세계적인 화가로 만들어 준 결정적인 요소이기도 하다.

많은 사람은 자신이 어떤 상태에 있고 어떤 고통을 겪고 있는지 그리고 어떤 철학을 가졌는지에 대한 깊은 이해 없이 살아간다. 이는 그들이 자신을 되돌아보는 시간을 갖지 않기 때문이다. 우리는 스스로에 대한 성찰을 놓치지 않아야 한다. 이 과정에서 우리는 자신만의 독특한 스타일, 즉 우리 자신이 어떤 사람이 되고자 하는지를 발견할 수 있다. 그 스타일은 우리를 빛나게 하는 독특한 특징이 될 것이다. 또 그 스타일을 통해 우리는 이 세상에서 대체할 수 없는 존재로 거듭나게 될 것이다.

반고흐와 마찬가지로, 우리는 각자 자신의 삶을 통해 독특한 예술작품을 만들어낼 수 있다. 그것은 감정, 생각, 경험을 그림으로 표현하는 것일 수도 있고, 음악이나 글쓰기 또는 '어떠한 행위' 일 수도 있으며 자신의 삶을 구성하는 일일 수도 있다. 이 과정에서 우리는 자신이 누구인지, 어떤 사람이 되고자 하는지를 깊이 이해하고 세상에서 유일무이한 존재가 될 수 있다. 당신은 어떠한 세계를 가지고 있는가. 나만의 세계를 창조한다면 당신도 세상에 긍정적인 영향을 미칠 수 있다.

16일 차 저녁

미국인들에게 가장 존경하는 대통령이 누구냐고 물어보면 에이브러햄 링컨, 로널드 레이건, 프랭클린 루즈벨트, 존 F.케네디, 빌 클린턴 등이 꼽힌다고 한다. 그중 16대 대통령인 링컨을 떠올리면 나는 항상 그의 실패의 여정을 생각하게 된다.

1816년, 집을 잃고 길거리로 쫓겨남

1818년, 어머니 사망

1831년, 사업에 실패

1832년, 주의회 의원 선거에 낙선

1833년, 다시 사업에 실패

1834년, 주의회 의원에 당선

1835년, 약혼자 사망

1836년, 신경쇠약에 걸림

1838년, 하원 의장 선거에 패배

1840년, 선거 위원 선거에도 떨어짐

1843년, 하원 의원 선거에 떨어짐

1846년, 하원 의원에 당선

1848년, 하원 의원 선거에 낙선

1855년, 상원 의원 선거에 낙선

1856년, 부통령 선거에 또 낙선

1858년, 상원의원 선거에 낙선

1860년, 대통령이 되다

링컨 대통령의 이력은 이력 그 자체로 우리에게 살아있는 귀감이 된다. 자그마치 44년 동안 수많은 낙선과 패배, 실패를 경험하고 비로소 대통령에 당선이 되는 모습. 그리고 수많은 실패를 경험한 사람임에도 미국인들의 존경을 받는 모습은 우리의 삶을 되돌아보게 만든다. 44년의 실패와 낙선의 이력에서 나는 아마도 10번 이상 포기했을 거라는 생각을 한다. 그리고 대부분의 사람들이 포기했을 것이라 감히 단언할 수 있다. 삶의 위대함이란, 더 나은 삶을 추구하는 열정으로 목표를 포기하지 않고 삶을 끝마치는 끈기와 인내에서 완성되는 것이 아닐까?

잠시 생각해 본다.

"내 삶의 끝에 위대함이 날 기다리고 있다면 나는 포기할 것인가?"

아니, 나는 절대 무슨 일이 있어도 포기하지 않을 것 같다. 포기하고 싶은 마음이 들 때 링컨의 이력서를 꼭 기억하자. 포기하고 싶은 유혹을 수없이 넘어선 자에게만 싱그러운 열매가 가득 주어지는 법이다.

17일 차 아침

새로운 하루를 시작한 당신, 오늘 하루도 기대감으로 가득한 첫걸음을 내디뎠길 바란다. 아침이란 어떤 의미일까? 나는 30살이 훌쩍 지난 지금에서야 '아침'에 대해 사색하기 시작했다. 과거를 회상해 보니 20년 동안 누군가에 의해 강제로 아침을 맞이했었다. 아침이란 좋은 의미보다는 불편한 하루의 시작일 수밖에 없었고 유치원, 초등학교, 중고등학교를 거치는 12년 이상의 세월 동안 아침을 활용하는 법을 그 누구에게도 배우지 못했다.

공자는 아침에 대해 이렇게 표현한다.

"일생의 계획은 젊은 시절에 달려있다. 일 년의 계획은 봄에 있고, 하루의 계획은 아침에 달려있다. 젊어서 배우지 않으면 늙어서 아는 것이 없고, 봄에 밭을 갈지 않으면 가을에 바랄 것이 없으며, 아침에 일어나지 않으면 아무것도 한 일이 없게 된다."

공자의 말을 통해 우리는 3가지 사실을 이해할 수 있다. 아침에 일어나야 한다는 것, 아침을 활용해야 한다는 것 그리고 아침이 어떤 의미인지 이해해야 한다는 것. 미라클모닝으로 아침의 중요성을 깨닫기 시작했지만, 과도한 기상으로 오후를 활용하지 못하거나 '잠을 자지 않는 상태'로 오전을 보낼 뿐 유용하게 활용

당신의 첫 생각이 하루를 지배한다

하는 사람은 여전히 소수이다. 아침은 그날의 업무, 성과, 건강, 마인드, 감정 등 전반적인 요소에 영향을 미친다. 따라서 아침을 긍정적인 방향으로 만들어 남은 하루를 그 어떤 때보다 값지게 보내고 싶다면 아래 지침을 참고해 보자.

1. 좋아하는 음악에 온전히 집중해서 외부 소음을 잠시 차단해 보기
2. 오늘 마무리해야 하는 3가지 목표를 적어보기
3. 나를 위한 긍정의 메시지를 메모장에 적어보기
4. 감사한 5가지를 적어보기
5. 5분 동안 스마트폰 전원을 꺼보기

기존의 습관과 루틴에서 벗어나 집중하고, 몰입하는 순간을 만들다 보면 하루가 더 유의미하게 느껴질 것이다. 아침 시간을 통해 일어나는 작은 변화가 결국은 큰 변화로 이어지고 그것이 우리의 삶을 더 풍요롭게 만들어 준다. 만족스러웠던 하루를 보낸 적이 언제였던가? 아무렇지 않게 보낸 아침을 귀하게 여기길 바란다.

17일 차 저녁

올림픽 역사상 유일무이하게 8개의 금메달을 석권했으며, 심지어 두 대회 연속으로 해낸 미국의 수영선수 마이클 펠프스. 많은 사람이 모르는 사실이지만 그는 어린 시절 주의력 결핍 과잉행동 장애 판정을 받았다. 강한 집중력을 가지고 레이스를 펼쳐야 하는 수영 종목상 그의 장애는 치명적이었지만 이와 같은 성과를 이뤄낼 수 있었던 데는 그가 했던 인터뷰에서 답을 찾을 수 있다.

"저는 오늘이 무슨 요일인지 몰라요. 날짜도 몰라요. 전 그냥 수영만 해요. 단 하루도 빠짐없이 물에 들어갔어요"

우린 종종 세계적인 위치에 있는 사람들을 보며 그들이 특별한 재능을 타고났다고 착각한다. 그러나 마이클 펠프스의 사례는 우리에게 타고난 재능보다 더 중요한 것이 무엇인지를 알려준다. 바로 도전하는 자세와 인내다. 도전하지 않는 사람은 새로운 문을 열 수 없으며, 도전에 성공하기 위해선 수많은 인내의 시간이 필요하다는 것을 반드시 기억해야 한다.

당신은 현재 어떤 도전에 맞서고 있는가? 혹시 그 도전을 회피하려고 하지 않는가? 도전을 회피한다면, 작은 성공조차 이룰 수 없을 것이다. 그러나 도전을 받아들인다면, 그 과정에서 발견할 가치는 상상 그 이상일 것이다. 펠프스보다 대단한 것일지도, 아니면 못한 것일 수도 있다. 하지만 못한 것이면 어떤가. 당신에게 꼭 금메달 16개가 필요한 것은 아니지 않은가. 단지 해보지 않았기 때문에 아무도 모른다는 걸 말하고 싶다. 그러니 이 글을 읽고 있는 지금, 직면한 도전을 피하지 말고 불도저처럼 나아가보면 어떨까? 그것이 바로 탁월함을 향해 내딛는 첫걸음이다. 재능은 타고나는 것이 아니라 만들어내는 것. 그리고 그것을 만들어내는 것은 바로 끊임없는 도전과 노력이다. 벽이라 생각했던 것이 문이 될 수 있고, 나가지 말아야 할 선이 어쩌면 출발선일 수도 있다. 더는 두려워하지 말아라. 시도해야만 당신이 몰랐던 나의 잠재력을 알 수 있다.

18일 차 아침

　셰익스피어의 대표작 〈햄릿〉에서 주인공 햄릿은 '죽느냐 사느냐, 그것이 문제로다'라는 유명한 대사를 남겼다. 사람들은 이를 햄릿의 우유부단한 성격을 상징하는 대사로 알고 있지만, 이는 우리가 크게 오해하는 부분이다. 햄릿이라는 인간을 이해하고 본다면 단순히 우유부단함보다 훨씬 더 크고 비극적인 삶의 애환이 담긴 대사이자 우리 현대인의 모습을 상징하는 말인 것을 알 수 있기 때문이다.

　사람들은 자신이 주도권을 가진 주체적인 삶을 살아야 한다고 말한다. 하지만 대다수 사람은 삶을 주도하려는 의지나 능력 없이 방황하고 있다. 우리는 스스로 주도권을 내려놓고, 다른 사람이나 사회가 당신에게 요구하는 일에 의해 삶이 주도되고 있을지도 모른다.

　햄릿은 이러한 인간의 고민을 극단적으로 표현한 인물이다. 아버지의 죽음 속에서 그는 극단의 혼란에 빠져 자신의 정체성이 무엇인지, 어떻게 살아야 하는지조차 알지 못한다. 끝내 자신의 삶과 죽음조차 스스로 결정하지 못하는 상태에 이르자 '죽느냐 사느냐, 그것이 문제로다'라는 말을 하게 된 것이다.

당신의 첫 생각이 하루를 지배한다

매일 아침 우리는 직장에 가거나, 학교에 가거나, 집에서의 생활에 몰입한다. 당신은 진정 자신의 정체성을 찾기 위해 어떠한 노력을 기울이고 있는가? 당신은 더 나은 삶을 위해 또 미완성의 정체성을 위해 어떤 행동을 하고 있는가? 스쳐 가는 것이 아닌 진지한 마음으로 돌아봐야 한다. 자신의 정체성을 찾고, 그것을 향해 나아가기 위한 노력을 통해 우리는 삶이라는 배의 키를 잡을 수 있다. 그리고 그 과정에서 당신은 참된 '나'를 발견할 수 있으며 진솔한 고찰로 주어진 삶을 주도하는 선장이 될 것이며, 비로소 내가 원하는 행복을 찾을 수 있을 것이다.

자, 당신은 어떤가.

죽느냐 사느냐, 무엇이 문제인가?

☾

18일 차 저녁

인공 지능이 우리의 삶에 미치는 영향력은 가늠하기 힘들 정도로 증가하고 있다. 기술의 발전은 일상에서 복잡하고 번거로운 작업을 손쉽게 해결해 주며, 시간을 단축시키고 삶의 편리성을 극대화한다. 그러나 이러한 편의성의 뒤편에는 또 다른 문제가 숨겨져 있다. AI나 휴대폰 같은 고도기술이 인간의 삶을 주도하고, 스스로 결정하고 행동하는 기회를 빼앗는다는 점이다.

미국의 유명한 영화감독이자 배우 클린트 이스트우드는 기술적 편의성을 포기하고 종이 대본을 고집한다. 누군가는 꼰대 같은 마인드라 할 수 있지만, 그는 그 점을 인정하면서도 이렇게 말했다.

"편리하지만, 장난감에 내 인생이 좌지우지되고 싶지 않다"

이 말은 우리에게 아주 중요한 물음을 던진다. AI나 휴대폰이 인간의 '장난감'이라면, 오늘 하루 우리의 삶은 얼마나 그 장난감에 의해 좌지우지되었을까? 당신은 진정 독립적으로 하루를 보내었나?

일이 마무리되고 퇴근 후 단 1시간 만이라도 모든 전자기기를 내려놓고 길을 걸어보자. 마음이 불안하겠지만 확률적으로 우리가 산책하는 1시간 동안은 별일이 발생하지 않을 것이다. 그리고 걸으며 몇 가지 질문에 답을 찾기 위해 고민해 보자.

'그동안 살면서 내가 선택했던 것은 무엇이었을까?'
'그동안 내가 원했지만 선택하지 못했던 것은 무엇이었을까?'
'나는 왜 선택하지 못했던 걸까?'

먼저 핸드폰을 내려두고 이 책을 읽는 당신에게 박수를 보낸다. 이 순간이 아니더라도 기기를 잠시 멀리하고 사색의 시간을 늘려나가자. 기술의 편리함에 취해 자신이 무엇을 원하는지를 잊어버리지 않도록. 이 답을 고민하다 보면 당신의 내일은 피어나는 꽃처럼 생기가 넘치게 될 것이다.

☀ 19일 차 아침

'황금비율'

우리가 지금까지 익숙하게 사용해 온 이 표현은 실제로 고대 연금술사들이 황금을 창조하려는 피나는 노력에서 유래했다. 당시 사람들은 황금을 직접 만들어 낼 수 있다는 확신 아래 여러 실험을 진행하였다. 시간이 지나 이 표현은 완벽한 균형과 조화를 지칭하는 말로 전통되어 왔다. 현대에 와서도 '황금비율'은 자연현상과 인간의 창작물 그리고 우리 일상생활의 많은 부분에 두루 적용되는 원칙이다. 글쓰기에서 적절한 비율을 찾아가며 구조와 논리를 정리하고, 음식을 만들 때 재료의 비율을 조절하며 맛을 완성하고, 우리가 맺고 유지하는 인간관계에서도 황금비율을 찾는 우리다.

모든 것에는 양면성이 존재한다. 열심히 일하고 적절하게 휴식을 취하는 것, 과열된 생각을 멈추고 명상하는 것, 사람들과 교류한 뒤 독립적인 시간을 보내는 것 등 균형을 위해 조절하는 일은 항시 필요한 일이다. 한 가지가 과하거나 부족하면 자연스레 균형은 깨지게 된다. 따라서, 자신만의 '황금비율'을 찾아내는 것이 중요하다. 무엇이 가장 중요한지, 어떤 것을 보완해야 하는지에 대한 명확한 시선을 가지고 있어야 수평을 맞출 수 있는 것이다. 애석하게도 많은 사람이 이런 이해조차 스스로가 아닌 남에게 의지하는 경우가 많다. '난 어떤 사람이야?', '이거 하면 되겠지?' '나 이게 잘 어울리는 것 같아?'라는 말로 말이다.

남에게 물어보기 전에 자신에게 먼저 물어봐야 한다. 스스로를 이해하고 통제하면서 꾸준히 조정해 나가다 보면 어느 날 황금비율에 도달한 나를 발견할 수 있을 것이다. 당신의 인생은 지금 어느 쪽으로 기울어져 있나? 지금이야말로 다시 수평을 맞춰야 할 차례다.

19일 차 저녁

　많은 의료 전문가들이 휴대폰 화면을 멀리하는 것이 우울증을 완화하는데 상당한 도움이 된다고 말한다. 터무니없는 조언처럼 들릴 수도 있지만, 우리가 휴대폰을 가장 자주 들여다보는 잠들기 전 시간이 우울감을 가장 많이 느끼는 시간인 점을 감안해 보면, 그들의 말은 상당히 타당하게 들리기도 한다.

　특히 SNS는 이런 현상을 더욱 확대시킨다. 휴대폰 화면 속에선 모두가 부러워할 만큼 아름답고, 풍요로운 삶을 사는 것처럼 보인다. 이러한 가상의 세계를 자주 접하면 타인의 행복전시에 상대적인 박탈감을 느낄 수밖에 없다. 이는 실제로 우울감을 증폭시키는 주요한 요인 중 하나다.

　하루에 단 몇 분이라도 휴대폰을 내려놓고 현재 내가 걷는 길은 어떤 길인지, 행복을 위해 무엇을 해야 하는지, 나에게 들어오는 정보가 정말 옳은 것인지에 대해 고민해 보자. 지혜가 담긴 책을 읽거나 일기를 써도 된다. SNS에서 보이는 것들이 모두 진실이라고 믿는 건 피해야 한다. 각자 다른 삶을 살아온 사람들이 하는 말을 모조리 믿으면 과유불급이 될 수밖에 없다. 모든 답은 휴대폰이 아닌 바로 치열하게 인생을 살아온 나 자신에게 있다. 이

혼한 말을 너무나 잘 알고 있으면서도 행동하기 어려워하는 건 나를 믿지 않고 빠른 성공을 바라기 때문이다. 괜찮다. 나만큼 나를 잘 아는 사람은 없다는 사실만 잊지 말자. 시간을 두고 조금씩 비교와 열등에서 멀어지고 더 가치 있는 것을 찾아내는 것이야말로 당신을 짙은 우울감에서 벗어나게 해 줄 것이다.

20일 차 아침

해는 변함없이 동쪽에서 떠올라 서쪽으로 진다. 이 규칙적인 패턴은 반복된 일상을 만든다. 날씨가 변하는 걸 제외하면, 당신의 하루는 매일 거의 똑같은 일관성을 지니고 있다. 이런 굴레 속에 대다수 사람은 지침과 나태를 느낀다. 허나 이 모든 것은 우리의 마인드에 따라 달라진다. 일상이 반복되는 것은 다른 말로 매일 새로운 기회를 통해 변화할 수 있다는 가능성을 보여준다. 해가 매일 동쪽에서 떠오르는 것처럼, 우리의 하루도 같은 상황을 제공하며 새로운 시작을 알린다. 그리고 이 하루를 어떻게 변화시킬지는 온전히 당신에게 달렸다.

꾸준하게 목표를 향해 나아가는 노력, 끊임없이 무언가를 배우는 일 그리고 일상적인 업무를 허투루 하지 않는 부지런함이 우리를 원하는 목표로 이끌어줄 것이다. 이런 관점에서 아침은 세상이 선물해 준 새로운 기회의 시작이다. 그 시간을 보다 가치 있게 생각하고, 아침을 통해 새로운 레벨에 도달할 기회를 얻길 바란다. 새로운 기회를 찾아낼 방법은 두 가지가 있다. 첫째로, 목표를 명확히 인식하고 여러 번 되뇐다. 이 목표는 우리가 어떤 방향으로 나아갈지를 결정하고, 명확한 행동과 선택지를 안내해

준다. 둘째로, 꾸준히 배울 수 있는 것을 찾는다. 이는 새로운 기회를 잡아낼 수 있는 능력을 키워준다. 급진적인 성장이 아니라 매일 1%의 성장을 도모하면 부담감이 줄어드는 동시에 상황을 즐길 수 있게 된다. 마지막으로, 인내심을 갖추어야 한다. 새로운 기회를 찾아내고 이용하기는 역시나 쉽지 않다. 그것은 분명 노력과 긴 시간이 필요하다. 당신이 인내심을 갖고 꾸준히 노력한다면 인생에서 경험하지 못한 기회를 잡아낼 수 있을 것이다.

이처럼 새로운 하루는 우리에게 새로운 기회를 제공하는 장이다. 그러니 그 시간을 소중히 생각하고, 나의 아침을 성장과 발전을 위한 새로운 기회의 장으로 만들어보자. 더도 말고 5분이면 된다.

20일 차 저녁

그리스어에서 발생한 말인 '도그마'는 자신의 신념이 강하고 쉽게 협력과 타협을 구하는 것이 힘든 독단적인 성격의 사람을 뜻한다. 그들의 믿음은 너무나 확고하고, 절대적이기 때문에 자신의 신념이 흔들리면 믿고 있는 것을 진실로 밀어붙이기 위해 집착적인 모습을 보이기도 한다. 도그마를 가진 사람은 자기 뜻이 다른 사람들에게도 진실이 될 수 있다고 믿으며 설득의 영역에 대해선 깊이 고민하지 않는다.

우리 주변에도 도그마를 가진 사람들이 존재한다. 그들과 함께 지내다 보면 불편한 감정을 느낄 수 있다. 하지만 여기서 중요한 점은 나 또한 도그마에 빠진 사람이 아닌지 생각해 보는 것이다.

우리는 종종 자신의 도그마를 객관적으로 볼 줄 모르고 그것이 자신의 주관이 아니라 절대적인 진리라고 믿는다. 그러면서 타인의 도그마를 향해 손가락질만 하는 것이다. 누군가와 갈등이 생기면 상대방의 도그마만이 아닌, 나의 도그마도 같이 영향을 끼친 것이 아닌지에 대한 가능성을 고려해야 한다. 스스로에 대한 이해도가 높은 사람이야말로 타인을 공감할 수 있다. 우리는 모두 자신만의 도그마를 가지고 있으며 그것이 협력과 공존을 방해할 수 있다는 사실을 인식해야 한다. 이처럼 건강한 의견을 피력하고 상대의 말을 수용하는 범위를 넓히면 우리는 더욱 풍요로운 관계를 유지하고 서로의 차이를 거리낌 없이 인정할 수 있다.

21일 차 아침

    인간은 종종 같은 실수를 반복한다. 실수했을 때, 다시는 반복하지 않겠다고 다짐하지만, 이는 예상보다 더 어려운 일이다. 같은 실수를 하지 않는 대신 비슷한 실수를 반복하는 경향이 있기 때문이다. 그렇기에 자신을 너무 쉽게 믿어서는 안 된다. 비가 내린 뒤 땅이 굳어지기까지 시간이 필요한 것처럼, 우리는 실수를 범한 뒤 그 실수의 원인과 결과 그리고 앞으로의 대체 방안에 대해 이해하고 습관화시키는 일에 많은 시간을 투자해야 한다. '이제 그러지 말아야지'라는 단순한 다짐만으로 해결되는 문제가 아닌 것이다.

    내가 가진 가장 큰 재산이 바로 시간이다. 그러니 시간을 활용해라. 매일 조금씩이라도 당신이 했던 실수를 돌이키고 피드백의 시간을 가져라. 단 5분, 아니 3분이라도 말이다. 3분의 시간을 대수롭지 않게 생각할지도 모르지만, 우리가 하는 대부분의 실수는 5초만 더 생각했어도 벌어지지 않았을 일이다. 우리가 시간을 들여 쌓아가는 반성의 습관은 탑처럼 차곡차곡 쌓이면서 당신을 견고한 사람으로 변모시킨다. 지금 당장은 변화를 느낄 수 없을지도 모른다. 하지만 앞에서도 말했던 것처럼 실수는 다짐 하나만으로 해결되는 문제가 아니다. 꾸준히 복기에 대한 시간을 투자하다 보면 당신의 삶을 어떻게 바뀌는지 직접 목격하게 될 것이다. 이 계획을 실천함으로써, 여태 했던 실수를 극복하고 잃었던 자신감을 되찾길 바란다. 누구나 실수를 한다. 하지만 그것을 성장의 기폭제로 사용하는 자는 극소수에 불과하다는 걸 기억하라.

21일 차 저녁

기적miracle이라는 단어는 수많은 사람의 강렬한 열망이 되었다. 원대한 행운이 우리를 찾아와 삶의 굴곡을 일거에 해소해 줄 것이라는 기대와 희망, 이것이 바로 기적이라는 단어가 아닐까? 잠실역 8번 출구 에스컬레이터를 따라 올라오면 넓은 하늘이 아닌 수많은 사람을 볼 수 있다. 맞다. 8번 출구 앞에는 유명한 로또 명소가 있다. 1줄로도 모자라서 2줄, 3줄씩 기다리며 로또를 하나씩 사 가곤 한다. 특히 퇴근 시간에 그 줄은 길어진다. 다들 지긋지긋한 회사생활을 그만두고 싶은 열망이 있는 듯하다. 친구가 늦게 오는 바람에 그 줄을 꽤 오랫동안 지켜본 적이 있다. 문득 나의 시선을 사로잡은 것은 줄을 기다리고 있는 사람들의 눈빛이었다. 누군가는 기대에 찬 눈빛, 누군가는 세상을 잃은 듯한 허망함이 깃든 눈빛이었다. 그렇다, 사람들의 눈빛 속에는 저마다 기적을 바라는 마음이 담겨있었다. 가지각색의 이유로 말이다.

다양한 생각들이 스쳐 갔다. 누군가의 아버지로 보이는 사람을 보면 그를 기다리고 있는 아내와 아이의 모습이 떠올랐고, 답답한 인생을 한 방에 뒤집고 싶은 기대감에 찬 20대도 보였다. 가장 강렬했던 것은 '어쩌면 기적을 향한 기대감에 우린 잠시나

마 행복할 수 있지 않을까?'라는 생각이었다. 물론 대부분 실패로 돌아가겠지만 말이다.

일확천금을 바라는 마음이 성공에 부정적인 영향을 미치는지에 대해서 할 말이 많지만, 간단히 2가지 결론으로 귀결된다. 일확천금을 바라는 마음이 가득 찬 사람은 우선 자신의 인생을 '기적'으로 만들어가지 못한다. 나의 노력이 아닌 외부에 의존하여 모든 문제를 해결하려는 마인드는 그 어면 문제도 해결하지 못하게 만들기 때문이다. 둘째는 제 노력으로 만들어진 기적과 진짜 기적을 분간하는 능력이 사라진다는 점이다. 가판대 앞에 줄을 서 있는 사람들에겐 큰돈이 곧 기적일 것이다. 하지만 죽음을 앞둔 사람에게는 다시 살아갈 기회가 곧 기적이며 대학합격을 기대하는 사람에겐 합격 자체가 기적이다.

어쩌면 기적이라는 건 우리의 마음에 달린 것이 아닐까? 고로 우리에겐 두 가지 기적이 필요하다. 나의 문제를 해결할 수 있는 기적을 만들 나 그리고 누군가가 기적이라 부르고 있는 보통의 일상을 기억하는 것. 이처럼 기적을 바르게 이해한다는 건 인생이 가진 각양각색의 맛을 고루 맛보고 느낀다는 의미며 동시에 앞으로 치열하게 살아갈 에너지를 충전시켜 준다. 삶은 조금씩 성취로 쌓아가는 과정 자체로 기적이며 누군가가 간절히 바라는 보통의 하루를 간직하고 있다는 것을 설대로 잊지 않길 바란다.

☀

22일 차 아침

　이름만으로도 창조적 혁신과 끊임없는 호기심의 상징인 레오나르도 다빈치. 사실상 미술, 과학 가릴 것 없이 수많은 업적을 남긴 그의 창조와 혁신적 발상의 근원을 두고 사람들은 '역사상 다시없을 천재다'라는 극찬을 아끼지 않는다. 생전 그가 남긴 말을 보면 혁신적 발상의 근원이 어떻게 나올 수 있었는지 엿볼 수 있다.

　"아는 것만으로는 부족하다. 적용해야 한다. 생각하는 것만으로는 부족하다. 행동으로 해야 한다."

　아는 것과 행동하는 것 그리고 생각하는 것과 행동하는 것. 이 두 가지의 극명한 차이를 강조했던 다빈치는 결국 '동력', 즉 행동의 중요성을 누구보다 강조했으며 자신의 발상은 타고난 창조성이 아닌 누구보다 열심히 행동하는 것에서 비롯되었다는 것을 시사했다.

　사람들은 종종 어떤 의지나 목표가 발생하더라도 생각으로 안주하고 마는 경우가 많다. 나아가 지금 가진 것이 자신이 앞으로 가질 수 있는 모든 것의 종착점이라고 합리화하기도 한다. 반복되는 일상에 지루함을 느끼면서도 아무런 행동도 하지 못하는 것이다. 반복은 지루함을 뜻하기도 하지만 안도감을 뜻하기도 하며, 행동은 변화를 뜻하기도 하지만 동시에 불안정을 뜻하기도 한다.

우리는 편안한 공간Comfort Zone에서 벗어나야 한다. 야생의 세계에서 모험심을 기르는 것이야말로 진정한 성장을 이룩할 수 있는 길이다. 모든 길에는 불안정함이 놓여있고, 더 높은 가능성에 닿기 위해선 직접 움직여야만 한다. 당신이 창조적이고 혁신적인 아이디어를 생각만 하고 있다면, 별 볼 일 없는 아이디어로 행동하는 사람보다 못하단 사실을 잊지 말아야 한다.

☾

22일 차 저녁

인간의 본질적인 '이해'에 다가가려면 결과의 모든 과정을 눈여겨봐야 한다. 이는 상식적으로 옳다고 볼 수 있지만, 사실 불가능에 가깝다. 왜냐하면, 어떤 결과를 초래하는 원인이 눈에 보이지 않는 경우가 많기 때문이다. 이러한 현상은 우리가 '나'라는 사람을 이해하려 할 때도 동일하게 일어난다. 현재 나의 상태와 문제점은 스스로 인지할 수 있는 부분과 그렇지 못한 부분으로 혼재되어 있다. 그러므로 나에 대한 '이해'를 완성하려면 지속적인 노력과 시간이 반드시 필요하다. 우리가 보이는 것에 쉽게 속아 넘어가는 존재라는 사실을 감안하면 어둠은 '나'에 대한 이해를 돕는 데 아주 적절한 환경이다. 어둠은 외부 세계의 방해를 차단하고, 우리의 시선을 내면으로 돌리게 해 준다. 오늘 밤 잠들기전, 어둠 속에서 자신을 찾아내는 과정을 구체화해 보자. 아래는 잠들기 전에 실천해 볼 수 있는 세 가지 방법이다.

첫 번째, 당신의 어제와 오늘을 되돌아보는 것이다. 이 시간을 이용해 나의 행동과 선택을 냉정하게 평가하자. 이때 중요한 것은 감정을 배제하고, 사실 그대로를 바라보는 것이다. 어떤 선택이 좋았는지, 어떤 것이 개선되어야 하는지 판단하려 노력하자.

당신의 첫 생각이 하루를 지배한다

두 번째는, 당신이 가지고 있는 목표를 점검하는 것이다. 당신의 행동이 그 목표를 향해 나아가고 있는지, 아니면 다른 방향으로 흘러가고 있는지 고민하는 것이 중요하다. 목표가 없다면, 이 시간을 이용해 새로운 목표를 설정하거나 현재 상황을 평가하고 반성하는 시간을 가져보는 것도 좋다. 마지막으로, 그날의 감정과 태도를 체크하는 것이다. 이를 통해 당신이 어떤 상황에서 어떤 감정이 들었는지를 파악하면 자신의 태도에 대해 이해하고 이를 조절하는 능력을 기를 수 있다.

이 세 가지 방법은 자신의 본질을 이해하고, 개인의 능력을 높이는데 중요한 도구가 될 수 있다. 그러니 밤과 고찰을 통해 당신이라는 거대한 그림을 조금씩 완성해 나가기를 바란다. 기억하라, 당신이라는 그림은 역작이라는 것을.

23일 차 아침

"내가 나를 선택한다."

이 말은 아침에 눈을 뜨자마자 나에게 들려주고 싶은 가장 중요한 메시지다. 오늘의 나는 생각하며, 그 생각에 따라 행동하고, 그 행동으로 인생을 살아간다. 그만큼 나를 선택하는 것은 자존에 중요한 역할을 한다. 하지만 상황을 조금만 바꿔보면 어떨까?

어렵고 복잡한 문제를 해결해야 하는 상황에 부닥쳐있을 때 주위 사람들에게 솔직하게 나의 상황을 털어놓은 적이 있는가? 모든 상황을 토로하는 게 힘들겠지만, 세상의 모든 문제를 혼자서만 해결할 수는 없는 노릇이다. 우리는 사회라는 큰 공동체에 살아가고 있고, 홀로 할 수 없는 것을 고백하여 해결의 실마리를 얻을 수 있다. 이는 단순히 문제를 공유하는 것이 아니라, 나의 상황을 이해하고 나아갈 수 있는 방향을 찾는 과정이 된다. 이 또한 내가 스스로 선택할 수 있는 중요한 부분이며 홀로 문제를 모두 안으려는 하는 것만이 나의 사명이라 믿는 건 자신을 더욱 깊은 감옥에 고립시키는 일일지도 모른다.

선택과 의지에 대한 딜레마를 해결해 주는 몇 가지 방법을 기억히자. 먼저 아침에 눈을 뜨자마자, 자신에게 "내가 나를 선택한다."라고 말해보자. 이 말은 일상에 대한 자신감을 키우고, 오늘의 행동이 나의 존재를 더욱 가치 있게 만든다는 것을 상기시킨다. 또, 오늘 내게 닥칠 일들을 머릿속에 그려보자. 그 상황에서 어떻게 행동할 것인지, 어떤 선택을 할 것인지 생각해 보자. 이 과정을 통해 더욱 준비된 상태에서 정돈된 하루를 시작할 수 있다. 마지막으로 나는 모든 걸 완벽히 통제할 수 없는 존재라는 걸 인정하자. 그동안 내가 어떤 도움을 받았는지, 무엇을 도움받아야 하고 앞으로 그 도움을 줄이기 위해 무엇을 해야 하는지 고민해 보자. 이렇게 하루를 시작하고 끝내며 생각하고, 이해하고, 행동하면 당신은 선택과 의지의 균형을 잡을 수 있는 명석함을 얻게 될 것이다.

23일 차 저녁

드라마 '미생'은 생생한 직장생활의 어려움을 현실성 있게 그려내 많은 이들의 공감을 이끌어냈다. 그중에서도 체력의 중요성에 대해 강조한 대사는 강한 인상을 남겼다.

"네가 이루고 싶은 게 있으면 체력을 먼저 길러라. 후반에 무너지는 이유는 체력의 한계 때문이다."

가끔 중요한 순간에 무너질 때가 있다. 몇 달 아니, 몇 년을 꼬박 준비한 시험 당일에 한 번도 하지 않았던 실수를 저지르거나, 면접관들 앞에만 서면 입이 굳어버리고 중요한 판단을 내려야 하는 순간에 바보 같은 결정으로 땅을 치고 후회하는 것이다. 우린 대체 왜 그러는 걸까?

주변에 운이 없는 사람은 없고, 운이 있는 사람만 끊임없이 보며 누군가는 타고난 운명이라 말하기도 하지만 우리는 운도 실력이라는 말을 받아들일 필요가 있다. 운은 언제 어떻게 다가올지 알 수 없다. 그래서 어떤 면에서 '기회'라는 말과 매우 유사하다. 우리에겐 운을 알아보고 캐치할 수 있는 준비 그리고 그것을 잡았을 때 꽉 쥐고 놓지 않을 체력과 끈기가 필요하다. 금방 지치는 상태라면 지금부터라도 체력을 길러야 한다. 그렇지 않으면 기회는 소리 없이 손아귀에서 빠져나갈 것이며, 쉽게 무너질 것이다. 이런 실패가 반복되면 애당초 그것이 중요한 것인지 알아보지도 못하는 상태가 될 수도 있다.

오래갈 수 있는 체력을 기르자. 일과를 마친 저녁, 당신이 피곤하다 해도 몸을 이끌고 짧은 산책이나 운동을 해보는 거다. 이는 단순한 행위가 아니라, 스스로에게 시간을 투자하고, 스트레스를 해소하며, 건강한 생활습관을 만드는 아주 기초적인 방법이다. 처음에는 힘들 수 있지만, 습관적으로 한다면 짧은 시간으로 체력을 기르는 데 큰 도움이 될 수 있다.

이밖에 30분 일찍 자기, 아침 스트레칭하기, 고강도 운동은 내일을 위한 체력을 기르는 방법이다. 당신이 꿈을 이루는 데 필요한 체력을 만들게 된다면 성공의 기회가 왔을 때 그것을 휘어잡고 놓치지 않을 수 있다. 피로에 넋이 나간 당신, 이제 건강한 미래를 위해 투자를 시작하자. 체력을 기르는 건 실패 없는 현명한 선택이다.

☀

24일 차 아침

1차 세계대전 당시 헨리 탠디라는 이름을 가진 영국군 병사가 부상을 당한 채 길을 걷는 한 독일군 하사와 마주치게 된다. 헨리는 그를 딱하게 여겨 그냥 보내주게 되고, 독일군 병사는 감사를 표한 후 서둘러 길을 떠났다. 20년이 지난 어느 날, 헨리는 영국 총리에게 전화를 받게 된다. 독일 나치 정부의 히틀러가 그에게 생명을 구해준 것에 대한 감사 인사를 전해달라 했다는 것. 그때 보내준 독일군 병사가 히틀러였단 사실을 알게 된 헨리는 약 6,000만 명이 사망한 끔찍했던 2차 세계대전의 주범을 자신이 살려줬다는 죄책감에 평생을 고통받으며 살아갔다.

우리는 매일 행동을 선택해야 한다. 그 행동이 앞으로 어떤 결과를 초래하게 될지 모르더라도 선택할 수밖에 없는 순간에 끊임없이 놓이게 된다. 앞서 예측하고 준비하려 해봤자 결정의 순간은 항상 예고 없이 찾아오는데, 인생의 경우의 수를 예측하는 것이 불가능한 이유가 바로 이 때문이다.

앞서 헨리의 행동 때문에 수많은 사상자가 발생했다는 건 너무 과도한 해석일지도 모른다. 허나 우리가 이 사례로 반드시 알아야 하는 건, 오늘 아무 생각 없이 하는 작은 행동 하나하나가 우리의 삶과 역사에 어떤 영향을 끼치게 될지 모른다는 것이다. 지나온 나날을 떠올려보라. 아무렇지 않은 일로 인생의 궤도는 바뀌었고, 예측하고 대비한다고 해서 인생이 원하는 대로 흘러갔던 적은 없다. 그렇기에 과거의 경험, 현재 상황, 미래의 가능성을 고려하여 보다 이성적인 판단을 해야 한다. 오늘 한 선택이 미래의 나를 만들어간다는 사실을 잊지 말자. 이런 경각심은 당신을 더욱 견고하게 만들어 줄 것이다.

24일 차 저녁

대다수 인간에게는 고유하게 내재된 '자연스러운 감각'이 있다. 이런 감각에는 우리가 흔히 알고 있는 시각, 청각, 후각, 미각, 촉각 등의 오감으로 설명되는데, 감각은 우리가 삶을 체험하고 세상을 이해하는 데 매우 중요한 역할을 한다. 인간의 감각은 개인의 경험과 태도에 따라 다양하게 나타나는데, 누군가는 매운 음식을 좋아하고, 누군가는 작은 소리에도 예민한 것이 바로 그 차이다. 여기서 가장 중요한 점은, 오감을 우리 모두 비슷하게 가지고 있다는 것이다.

감정도 이런 감각의 한 종류다. 사랑, 기쁨, 슬픔, 분노 등의 다양한 감정은 모두 자연스러운 존재로, 이들은 우리가 타인과 상호작용하고, 자아를 이해하며 세상을 깊이 있게 바라보는 데 도움을 준다. 심지어는 누군가를 미워하는 감정이나, 자신의 이기적인 생각조차도 감정의 한 부분이기에 이들 모두가 '자연스러운 감각'을 형성하는 하나의 요소로 볼 수 있다.

그럼에도 불구하고, 많은 사람이 자신의 감정을 부정하거나 외면하는 경향이 있다. 이들은 감정을 부자연스럽게 느끼거나, 자신을 이중성을 가진 사람이라고 생각해 죄책감에 시달리곤 한

당신의 첫 생각이 하루를 지배한다

다. 당신이 누군가를 미워하든, 사랑하든 그것은 모두 당신의 자연스러운 감각이 탄생시킨 결과다. 당신이 누군가를 미워하는 감정을 느끼는 것은 이 땅에 태어나 다양한 감각을 통해 세상을 체험하고 있다는 증거일 뿐이다. 이는 너무나 자연스러운 일이며 당신이 누군가에게 미움받는 것을 원하지 않는 마음 또한 인간의 이중성을 보여주는 평연한 일이다.

그러니 감정을 부정하거나 외면하지 말고, 그것을 자연스럽게 받아들여 보아라. 모든 걸 인정하는 순간 당신은 자신의 감정을 보다 진실되게 이해하고, 그것을 바탕으로 더욱 건강한 인간관계와 관용적인 삶을 살 수 있을 것이다. 감정을 받아들이고 이해하는 것은 때때로 어렵고 고통스러울 수 있지만, 살아가는 과정에서 느껴지는 모든 것은 다 이유가 있기 마련이다. 그 고통을 이겨 낸다면 당신은 훨씬 더 맑은 시야로 삶을 살아갈 수 있다.

25일 차 아침

바둑계의 전설 이창호 9단. 그의 이름은 21번의 우승으로 역사에 길이 남아, 역대 바둑기사 우승 타이틀 1위의 자리에 있다. 그의 독보적인 성과의 힘은 그가 소유한 뛰어난 집중력과 흔들리지 않는 강인한 정신력으로 알려져 있다. 순식간에 바뀌는 수의 흐름, 압도적인 스트레스와 압박 그리고 끊임없는 도전 속에서도 그는 집중력을 유지하며 복잡한 수를 해석하고, 상상력을 기반으로 참신한 전략을 세우며 숱한 적들을 꺾어왔다. 그의 전설적인 성과 뒤에는 흥미로운 일상이 숨어있다. 그는 아침에 일어나자마자 가장 먼저 자신의 삶에 놓인 복잡한 문제들과 앞으로 닥치게 될 수많은 도전에 대해 어떻게 집중할 것인지 그리고 이러한 문제를 어떻게 효과적으로 관리하고 해결할 것인지 고민하고 정리하는 시간을 가진다. 이러한 루틴은 어지럽혀진 삶을 제어하고, 항상 상황을 장악하고 대처할 수 있는 능력을 부여한다. 이것이 바로 그가 세계 최고의 바둑기사로서 자리매김할 수 있었던 비결이다.

우리의 집중력을 방해하는 것은 해결되지 않은 문제들과 마주치지 않는 태도이다. 그러므로 오전 시간을 통해 내게 닥친 문제를 잘 정리하는 일은 당신의 목표를 향해 필요한 집중력을 높이는데 귀중한 기회이다. 우리는 계획의 시간을 통해 삶을 제어하고, 더 큰 어려움과 도전에 대처하기 위한 전략을 세울 수 있으며 풀리지 않은 문제를 해결할 수 있는 실마리를 찾을 수 있다. 명심해야 한다. 당신에게 필요한 건 고도의 집중력이다. 집중력은 목표를 향한 여정에 가장 필요한 연료다. 실패하는 사람은 중요한 순간에 집중력이 흐려져 넘어지기 쉽고, 성공하는 소수의 사람은 결정적인 순간에 초인적인 집중력을 발휘한다. 이는 결코 우연이 아닌 그 순간을 위해 끊임없이 준비해온 연습의 과정이다.

25일 차 저녁

지하철 2호선 중에서도 잠실, 건대 쪽을 자주 오가는 나는 한강 다리를 건너는 지하철을 자주 탄다. 사람마다 다르겠지만, 나는 다리를 건너는 순간 지하철 창밖을 보는 것을 꽤 즐기는 편이다. 특히 해가 지는 저녁 시간 풍경은 정말 아름답다. 나도 모르게 카메라를 꺼내 짧은 영상을 찍어보기도 한다. 그러던 어느 날 문득 고개를 들어 쳐다본 지하철의 풍경은 다소 충격적이었다. (스스로를 낭만적이라 생각하진 않지만) 대부분의 사람이 작은 기계에 몰입되어 다른 세계에 가 있는 것이 아닌가. 맞다. 그들은 정말 다른 세계에 가 있었다. 어떤 사람은 유튜브, 어떤 사람은 인스타그램, 어떤 사람들은 네이버 뉴스에 빨려 들어가 소중한 시간을 보내고 있었다. 오가는 시간을 유용하게 활용하는 것이 나쁘다는 것이 아니다. 그러나 빌 게이츠, 일론 머스크, 버락 오바마, 오프라 윈프리가 찾은 최고의 두뇌 전문가인 짐 퀵은 그의 책에서 이렇게 말했다.

"15세기와 비교하여 그들이 평생 흡수했을 데이터를 우린 단 하루에 소비하고 있으며 1960년대에 비해 3배나 많은 정보를 소비하고 있습니다. 이는 휴식시간을 앗아가게 되죠. 지루할 틈을 잠시도 주지 않으면 기억력 저하, 의식 혼탁, 피로, 스트레스 같은 문제가 발생하게 됩니다."

이게 끝이 아니다. 수많은 정보 사이에 흘러들어온 '가짜 정보'가 우리의 생각을 혼란스럽게 만들고 있다. 당신은 평소에 소비하는 모든 콘텐츠 중 '오염된 정보'가 있다는 걸 알아야 한다. 따라서 우리에게 필요한 한 가지 덕목은 바로 '안목'과 '자제력'이다.

'당신은 불필요한 정보를 걸러낼 필터 능력을 갖추고 있는가?'
'얼마든지 정보 소비를 멈출 수 있는 통제력을 가지고 있는가?'
'내 신념이 어느새 타인의 신념으로 가득 차 버리진 않았는가?'

우리에게 필요한 건 성장을 위한 정보의 폭포도 있지만, '자신만의 고요한 생각의 바다'를 우선적으로 만들어야 한다. 잠시 멈추어 서서 삶의 풍경을 올려다보는 훈련을 시작해 보면 어떨까? 세상을 바라볼 기회가 있을 때 꼭 떠올리자. 아름다운 풍경을 보는 것이 재미난 유튜브를 보는 것보다 더 중요할 수도 있다는 것을.

26일 차 아침

독일의 주요 철학자 아르투어 쇼펜하우어는 아침의 가치를 강조한 철학자로 널리 알려져 있다. 철학적 기조가 대부분 냉철함과 비관적인 관점을 중시하고 있음에도 불구하고 그는 아침이야말로 무한한 가능성을 품고 있다 말했다. 때문에 "일어나는 시간을 늦추어 아침의 시간을 축소하지 마라"라는 그의 말은 아침이 얼마나 중요한 시간이었는지를 반증하고 있다.

비슷한 말로 벤자민 프랭클린 또한 아침을 "황금의 시간"으로 지칭하며 그 안에 다양한 기회가 숨겨져 있다는 것을 강조했다. 흥미로운 지점은 쇼펜하우어와 프랭클린 모두 자신만의 철학과 신념을 굳건하게 유지하며, 이 세상에서 그 누구보다도 앞서 나갔던 사람이라는 점이다. 따라서, 그들이 아침의 가치를 어떻게 평가했는지를 더 깊게 이해하고, 그 가치를 자신의 삶에 어떻게 적용할 수 있는지를 생각해 볼 필요가 있다.

유행처럼 새벽 4~6시에 일어나는 '미라클 모닝'과 같은 극단적인 습관을 지녀야 한다는 것을 전달하고 싶은 게 아니다. 적절한 수면은 건강에 꼭 필요한 요소이다. 우리가 일찍 일어나는 것을 강조하는 가장 큰 이유는 허투루 보내는 밤을 줄이고, 뭉그적

거리는 기상 시작을 잘 활용하라는 의미이다. 그 시간을 잘 활용한 쇼펜하우어가 거대한 철학적 토대를 건설한 것처럼, 우리도 삶의 토대를 아침의 시간에 건설할 수 있다. 또 프랭클린의 말처럼 아침은 황금으로 가득 찬 기회기 때문에 복리로 쌓아가면 무궁무진한 가능성을 창출할 수 있다.

누군가는 그 시간을 쌓고 쌓아 황금으로 만든다. 하지만 누군가는 그 시간을 별 볼 일 없는 생각으로 흘려보내 자신도 모르는 사이 하수도에 황금이 쌓여가고 있다. 그때부터 황금은 이미 당신 것이 아니다. 그걸 우연히 찾아 쥐게 되는 누군가의 것일 뿐. 기회를 활용하여 우리는 삶에서 앞서 나갈 기회를 포착하고, 그로 인해 더욱 빠른 성장을 이룰 수 있을 것이다. 아침의 가치를 깨닫고, 그를 통해 내 삶을 지탱하는 건강한 철학을 찾아내길 바란다.

26일 차 저녁

세계적인 축구 감독 조세 무리뉴는 이렇게 말했다.

"상대가 더 강하다는 사실을 때로는 인정해야 한다. 그럼에도 불구하고 이를 인정함으로써 새로운 전략을 찾아 나가고 용기를 얻을 수 있다"

무리뉴의 말에서 우리는 2가지를 배울 수 있다.

첫째, 어떤 성황이든 스스로를 객관적으로 평가하고 받아들여라.

둘째, 항상 더 나은 전략이 존재한다. 찾아내라!

첫째, 자기 PR의 시대라는 말로 개성을 중요시하면서도 사람들은 '꾸며냄'이 생활화되었고 자신을 객관적으로 평가할 능력을 잃어버리게 되었다. 왜 '잃어버렸다'라고 단언할 수 있냐면 스스로가 꾸며낸 모습에 자기 자신도 속아버렸기 때문이다. 우린 입과 귀를 동시에 사용하고 있다. 그 말은 우리가 말하는 것을 스스로 들으며 뇌에 되새기고 있다는 의미다. 이런 측면에서 조던 피터슨 교수는 거짓말은 스스로를 중독시키는 것과 같다고 말한다. 따라서 냉철하리만큼 객관적으로 나를 바라볼 줄 알아야 한다. 물론 안다. 나의 모습을 인정하는 것은 쓰리고 아프고 고통스럽다. 하지만 이 또한 능력이다. 나를 객관적으로 바라보고 결점을 이겨내려는 태도를 가지자.

둘째, 누군가는 안전지대Comfort Zone에 안주하고 있다. 그들이 살아가는 모습을 보고 있자면 마치 더 나은 것better이 존재하지 않은 듯하다. 하지만 틀렸다. 어떤 상황이든 더 나은 무언가는 존재한다. 독서 모임을 하는가? 더 나은 독서법은 항상 존재한다. SNS를 하는가? 나보다 더 나은 사람은 항상 존재하며 나보다 부유한 사람도 항상 존재한다. 과도한 목표설정으로 황새를 쫓아가는 뱁새의 격언을 무시할 순 없겠지만, 더 나은 것을 찾지 않는 습관은 나를 '정신적 고인물'로 만든다.

조세 무리뉴의 말처럼 상대가 더 강하다는 것을 인정하고 더 나은 전략을 찾는 것 그리고 자신을 객관적으로 평가하는 것은 건실한 삶의 축을 만든다. 냉철한 자기 평가는 현실을 정확하게 인식하고, 이를 바탕으로 더 나은 전략을 수립하는 발판이 된다. 반대로 더 나은 전략을 모색하고 실행하기 위해서는 냉정한 자기 평가가 필수적이다. 이 두 가지는 서로를 보완하고 인생을 발전시키는 기폭제가 된다.

인생은 지속적인 배움과 개선의 연속이다. 자신을 '정신적 고인물'로 만들지 않으려면, 항상 자신의 약점을 극복하고 더 나은 전략을 찾아 나가는 과정을 멈추지 않아야 한다. 이 두 가지 원칙을 실천함으로써, 우리는 더 강한 나로 거듭날 수 있을 것이다.

☀ 27일 차 아침

　우리는 내면의 소리를 세심하게 청취하고 있을까? 그것보단 '내면의 목소리'라는 말이 정확히 무엇을 의미하고 있는지 알고 있을까? 심오한 질문일 수 있지만, 17세기 스페인의 철학자 발타자르 그라시안은 이를 '아침'이라 정의했다. 그의 말에 따르면 아침이 밝아오면 어둠 속에서 서서히 소리를 내기 시작하는 세상이 우리에게 새로운 시작을 알린다고 한다. 외부 세상과의 연결이 다시 시작되면 앞으로 겪게 될 일들, 만날 사람들, 느낄 감정들에 대해 머리를 집중할 수 있는 시간을 가질 수 있다. 상쾌한 아침 공기는 '내면의 목소리'를 깨우는 기회를 제공한다. 마음과 정신 그리고 믿음을 환기하는 것이다.

　이렇듯 내면의 목소리는 우리 자신을 가장 잘 이해하고, 우리가 어떤 사람인지를 가장 정확하게 보여주는 지표이다. 우리가 무엇을 원하는지, 어떤 가치를 중요하게 생각하는지, 무엇을 증오하는지까지도 알 수 있게 하기에 의미 없이 하루를 시작하는 대신 잠시 시간을 내어 내면의 목소리에 귀를 기울여보자. 내 안의 그것이 무엇을 말하고 있는지, 또 어떤 감정을 표현하고 있는지 청취해 보라. 진심을 이해하게 될 때 비로소 당신은 하루가 아닌 삶 전체를 바꿀 수 있는 해답을 알게 될 것이다.

　이 글을 읽고 잠시 눈을 감아도 좋다. 시끄러운 세상 속에서 아주 잠시 고요를 느껴라. 그리고 나에게 물어라. 무엇을 피하고 싶고, 무엇을 원하고 있는지.

27일 차 저녁

　그리스의 대철학자 아리스토텔레스는 '하루를 마무리하며 본성과 목적에 대해 고찰하는 시간'을 중요시했다. 인간의 모든 행동엔 목적이 있으며, 자신에 대한 깊이 있는 통찰로 인생의 목적을 이해함으로써 삶의 의미를 제대로 바라볼 수 있음을 강조했던 그는 고요함이 감싸드는 저녁 시간이야말로 잠시 일상의 열기에서 벗어나 자신이 누구인지, 어떤 가치를 가졌는지 또 우리의 삶이 무엇을 위한 것인지 다시금 돌이키게 해준다고 했다.

　오늘 저녁에는 아리스토텔레스의 철학을 바탕으로, 삶의 목적에 대해 한 번 깊이 생각해 보는 것은 어떨까? 그 과정에서 작은 깨달음이나 위로를 받게 된다면 그것은 당신이 자신의 본성과 목적에 대해 진지하게 생각하는 거대한 걸음이 될 것이다. 이런 고찰의 과정은 단지 오늘 저녁에만 이루어지는 것이 아니다. 매일 저녁, 하루를 마무리하며 이러한 생각을 반복하다 보면, 점차 삶의 본질과 목적에 대한 이해가 깊어지고, 이를 바탕으로 행동하는 것에 대한 목적도 더욱 명확해질 것이다. 이런 과정을 통해 아리스토텔레스의 철학이 현실에 녹아들면 당신은 그간 찾지 못했던 귀중한 가치와 행복을 일상 속에서 찾을 수 있다.

당신은 본능석으로 어떤 욕구를 가졌는가?
그리고 삶의 목적을 무어라 생각하는가.

"삶의 궁극적인 가치는 단순한 생존보다는
인식과 사색의 힘에 달려있다."

– 아리스토텔레스

28일 차 아침

마음을 건네는 행위의 진정한 가치는 그것이 얼마나 비싼지가 아닌, 어떠한 대가 없이 순수하게 행할 수 있냐는 것이다. 선의란 그 자체로 선의이며 자신을 상대방에게 선하게 내어주는 과정이다. 그러나 우리는 종종 그런 선의에 대한 대가를 기대한다. 상대가 이를 알아차리지 못하거나, 기대에 미치지 못하는 행동을 했을 때 홀로 실망하고 상처받는 것이다. 선의에 대한 대가를 기대하는 감정은 애초에 가지지 않는 것이 가장 이상적이다. 감정은 절대적이지 않고 상대적이다. 이러한 사실을 반드시 명심해야 한다. 내가 주는 것이 5라면, 그것을 돌려받는 것이 반드시 5가 되어야 한다는 생각은 합리적이지 않다. 나에게 4밖에 되지 않는 것이 상대방에게는 5 이상의 가치를 지닐 수 있기 때문이다.

따라서, 감정을 숫자로 구분하는 걸 멈춰야만 한다. 마음과 감정을 그냥 주고 털어낼 수 있는 용기를 가져보자. 이는 자신을 위함이며 당신이 사랑하는 사람을 위함이다. 이렇게 행동함으로써 우리는 더 많은 사랑을 받을 수 있다. 하지만 이런 과정이 쉽지 않은 것도 사실이다. 사람은 자연스럽게 '주고받음'의 원칙에 따라 행동하는 경향과 무의식적으로 머릿속에 이를 데이터화 하려는 경향이 있기 때문이다. 그렇지만 신의는 숫자로 측정할 수 없기에 추상적인 가치가 있다는 걸 알아야 한다. 이를 이해하고 실천함으로써 당신은 자신과 타인 모두에게 더 나은 존재가 될 수 있다. 이것이야말로 건강한 인간관계를 만들 수 있는 가장 현명한 방법이다.

28일 차 저녁

나이키는 독특하고 참신한 광고로 유명하다. 특히 2014년에 선보인 광고는 안전함의 그림자에 숨어있는 사람들의 도전본능을 일깨웠는데 그 문구는 바로 "압박감이 전설을 만든다, 모든 위험을 감수하라Pressure Shapes Legends, Risk Everything"였다. 모두가 안온한 저녁을 보내고 아무 일 없이 하루의 끝을 맞이하고 있는 지금, 이 글을 읽고 있는 당신은 어떠한가? 도전과 위험을 회피하고 새로운 영역에 발 들이기를 거부한 채 스스로 도전하지 않아도 되는 이유를 100개, 1,000개씩 만들어내고 있진 않은가.

어쩌면 그럴 수밖에 없다는 생각도 든다. 우리의 뇌는 태고 때부터 '생존'이라는 키워드 중심으로 구성되어왔다. 그 말은 과도한 위험 속에서 우리를 보호하도록 설계되어 있다는 의미다. 이와 같은 현상은 과도하게 높은 목표를 설정할 때 드러나게 된다. 너무 과한 목표를 잡으면 불확실성(=위험)에 대한 반작용으로 그것을 하지 않도록 뇌는 우리의 생각을 종용한다. 그렇게 새로운 도전과 위험을 감수하지 않으며 오랜 시간을 살아가게 되는 것이다.

이런 '안전한' 선택이 과연 좋기만 할까? 물론, 표면적으로 안정을 가져다주는 선 사실이지만, 실질적으로는 우리가 가진 가능성을 제한하게 만든다. 할 수 있는 능력이 있음에도 불구하고 할 수 없다고 생각하고, 그럴 필요조차 없다고 생각하게 된다는 말이다. 위험을 감수하라는 나이키 광고 문구 앞에 붙은 문장을 기억하자.

"Pressure Shapes Legends"

과도한 압박감, 위험을 감수해야 하는 도전의 영역은 우리를 불편하게 만들고 끊임없이 무언가 하도록 만든다. 그 과정에서 무엇이 탄생하는지 기억하자. 바로 '더 나은 나', 아니 '전설'이다. 자, 이제 스스로에게 한 가지 질문만 던지면 된다. 도전할 것인가? 아니면 이 삶에 만족할 것인가? 후자라면 위험 지대로 들어갈 필요 없다. 굳이 새로운 것을 향해 전진하지 않아도 괜찮다. 그러나 새로운 도전을 통해 전설이 되고 싶은 마음이 있다면 지금 당신에게 필요한 건 'Risk Everything', 위험을 감수하는 도전 정신이다.

흔들리는 시간이 모여 우리의 인생이 구성된다는 사실을 기억하자. 나는 매일 어떤 도전을 이어갈 것인가. 그로 인해 어떤 삶을 누릴 것인가. 강력한 선언과 확언으로 위험 지대를 향해 나아가보면 어떨까. 마음속에 품은 그 일, 더는 미루지 말고 지금 시작해 보자.

☀ 29일 차 아침

"인생이 내 맘 같지 않다"라는 표현을 들어본 적 있을 것이다. 우리가 흔히 마주하는 실망과 고민은 대다수 원하는 대로 일이 흘러가지 않을 때, 또는 남들이 정해놓은 기준에 부합하지 못할 때 생겨난다. 이런 상황에서 현실의 거리감과 불일치를 경험하며 그로 인해 진한 고통을 느낀다.

이러한 현상을 독일의 정신분석학자 지그문트 프로이트는 '자아동일성'이라는 개념으로 설명한다. 이는 몸과 정신이 어떻게 상호작용하고 있는지를 나타내는 개념으로, 이 둘이 통일되어 움직이면 자아동일성이 확립되었다고 볼 수 있다. 반대로, 이 둘이 따로 움직이면 자아동일성이 분리되었다고 볼 수 있다. 프로이트는 이런 상태의 불일치가 자괴감을 초래하며 이는 스트레스와 갈등을 일으킨다고 주장했다.

그렇다면 이를 우리의 일상에 어떻게 적용할 수 있을까? 아마 굿 윌 헌팅Good Will Hunting의 명대사가 가장 좋은 표현이 아닐까 싶다.

"네 잘못이 아니야It's not your fault"

생각대로, 의지대로 일이 풀리지 않을 때 자신을 너무 많이 탓하거나 스트레스를 받지 않아도 괜찮다. 또한, 사회의 기준에 맞춰 살아가지 못한다는 이유로 자신을 비난하거나 답답해하지 않아도 괜찮다. 이런 상황에서 가장 중요한 것은, 정신과 몸이 통일된 상태를 유지하고, 문제 해결적 관점에서 삶을 객관적으로 바라보는 것이다.

인생이 내 맘같이 풀리지 않을 때, 나의 감정을 먼저 느껴보자. 왜 이런 감정을 느끼는지, 그 원인이 무엇인지를 생각해 보자. 그리고 앞으로 어떤 행동을 하고 싶은지 떠올려보고 그것이 내가 바라는 최고의 결과를 가져오는 행동인지 고려해 보면 당신에게는 명확한 선택지가 생길 것이다.

그 답을 핸드폰이나 노트 한쪽에 적어봐도 좋다. 이는 스스로에 대한 이해를 높이는 것이며, 이를 통해 자신과의 일관성을 유지하고 주체적인 삶을 살아갈 수 있다. 인생이 내 맘같이 않을 때 '자아동일성'을 꼭 기억하자.

29일 차 저녁

프랑스 작가 알베르 카뮈는 삶을 이해하는 데 있어 질문의 중요성을 강조하였다. 그는 반항을 "가장 일관된 철학적 행위"라고 말했는데, 카뮈의 의도는 단순히 주어진 현실에 반항하라는 것이 아니라, 기존의 당연성에 대해 '항상 의문을 가지고 탐색하라'라는 메시지였다.

지속적인 질문을 통해 얻을 수 있는 가장 큰 효과라면 단연코 '당연한 것을 향한 질문'을 빼놓을 수 없다. 당연한 생각에 질문을 던짐으로써 우리는 새로운 생각의 기틀을 마련하고 이를 통해 정신적인 성장을 만들 수 있다. 세상엔 절대적인 불변은 없다. 그래서 우리는 인생을 살아감에 따라, 무엇을 당연하다고 받아들이며 그 당연함이 우리를 어떤 사람으로 만드는지에 대해 지속적으로 질문을 던져야만 한다. 여기서 나와 당신이 함께 던져볼 만한 유익한 질문이 있다.

"인생에서 가장 큰 변곡점이 된 일은 무엇이며 그것은 나에게 어떤 영향을 미쳤는가?"

우리는 삶의 시련을 통해 변화를 경험하고 삶을 재구성한다. 그렇게 한 꺼풀씩 인생을 벗겨내며 삶을 이해하게 되는 것이다.

아마 지금도 찾아온 불행으로 인생을 한 꺼풀 벗겨내고 있는지도 모르겠다. 딱지가 눌러앉은 상처를 뜯어내는 듯한 쓰라림이 있을 수도 있고, 낫지 않는 감기처럼 지긋지긋한 마음이 들지도 모르겠다. 허나 기억하자. 우린 실패와 과오를 통한 변화로 인해 성숙한 인간으로 거듭난다는 사실을 말이다.

위 질문에 대한 나의 답변을 소개하자면 이렇다. 나는 25살 화창한 봄날에 혈액암 진단을 받고 혜화역 근처에 브런치를 먹으러 갔다. 아무런 이유 없이 화창했던 그날 11시 30분 즈음 알베르 카뮈의 '반항'처럼 내 인생의 첫 철학적 질문을 던졌다.

"나는 왜 이런 일을 겪어야 하는가?"

그 답을 얻기 위해 꽤 많은 시간 썼고 아직 찾아가는 삶의 여정에 있지만, 이제는 이 여정 자체가 나에게 기쁨이고 즐거움이다. 비록 삶이 내게 먹구름을 드리울지라도 그 빗속에서 춤출 수 있다면 먹구름은 도리어 기쁨이 되어버리는 게 아닐까? 먹구름만 바라보지 마라. 비를 즐기는 마음을 품어라. 당신의 삶은 이 한 곳에서 기쁨과 절망으로 나누어질 것이다.

30일 차 아침

프랑스의 정신분석학자 자크 라캉은 거울 단계 이론을 통해 "우리는 타인의 욕망을 욕망한다."라고 말했다. 이는 우리가 자아를 형성하는 과정에서 외부의 기대와 가치 판단에 크게 영향을 받는다는 뜻이다. 돌아보니 정말 맞는 말이다. 나는 중학교 시절 수학 80점을 꼭 받고 싶었다. 그건 나의 욕망이었을까? 절대 아니다. 부모님의 욕망이 전이되어 나의 욕망이 되었고 나도 어느새 부모님의 욕망을 욕망하고 있던 것이다.

문득 올려다본 거울 속 나는 무엇을 욕망하고 있을까? 돈, 관계, 사랑, 커리어, 직장 등 수많은 욕망이 있겠지만, 그중에 나에게 가장 의미 있는 3가지 욕망을 고른다면 당신은 어떤 욕망을 선택할 것인가? 외부로 인해 생겨난 욕망이 무조건 나쁘다고 말하고 싶진 않다. 사회를 구성하는 한 사람으로서 세상이 바라는 틀을 어느 정도 충족시키는 것은 나의 만족과 행복에 이바지하기 때문이다. 하지만 본질적으로 내가 정말 정말 정말 바라는 욕망은 어떤 욕망인지 한번 생각해 봤으면 좋겠다. 정말 '나라는 사람'의 본질을 완성하고 소위 말해 '영혼을 살리는 활동'이 무엇인지 고민해 보자는 말이다.

"내가 진정으로 바라는 삶"

이 문장은 당신에게 어떤 의미인가? 수많은 사람이 각자의 욕망을 나에게 주입하려 할 때, 절대 흔들리지 말아야 하는 것이 있다면 그건 바로 진정 무엇을 바라는지 알고 있는 나의 모습일 것이다.

그런 의미에서 외부의 기준에 따라 살아가기를 잠시 거절해 보길 권하고 싶다. 그것이 무엇이든 조건 없는 순응을 잠시 멈추고 나다운 결정을 내려보아라. 회사에서 다 같이 밥을 먹는 관습에서 하루만 벗어나 혼자만의 식사시간을 가져본다거나, 나를 위한 꽃 한 송이를 선물해 본다거나, 그리운 누군가에게 이유 없는 커피 선물을 보내는 등 내가 원하고 나를 존중하는 선택을 내려보길 바란다. 나를 사랑할 줄 알며 영혼을 느낄 줄 아는 사람에겐 항상 행복과 깊은 만족감이 있다는 걸 기억하라.

30일 차 저녁

해결되지 않은 마음으로 잠자리에 든 적이 있을 것이다. 그런 날은 왠지 마음이 불편하고 불편한 마음만큼 잠도 뒤척이게 된다. 몸은 피곤하지만, 정신은 말똥말똥하다. 머릿속은 여전히 낮 12시를 보내고 있는 듯하다. 특히나 사람 때문에 마음이 불편한 날이면 꼭 이런 말을 떠올리곤 한다.

"어떻게 그럴 수 있지? 도저히 이해가 안 돼!"

다시 시간이 흘러 그 순간을 돌아볼 때 아무것도 아닌 것처럼 보이는 것은 기분 탓일까? 아니, 정말 사소해져 버린 느낌이다. 왠지 모르게 상대를 다 이해할 수도 있을 것 같고, 내심 작은 일을 큰일처럼 받아들인 내가 조금 부끄럽기도 하다. 이런 과정을 수없이 반복하다 보니 나는 결국 어느새 하나의 패턴을 만들어 내고 있었다. 그리고 깨달은 한 가지 사실은 우리가 겪는 수많은 관계적 갈등은 작은 차이에서 비롯된다는 사실이다. 결국은 두 사람 사이의 부딪힘, '나'와 '너' 사이에서 생긴 일이다. 나의 바람과 너의 바람이 달라 의견이 갈라지고 마음이 갈라져 버린 것이다. 인생의 다른 문제와 차이점이 있다면, 관계적 불편함은 내가 적극적으로 해결하려 하지 않으면 며칠이고 나를 괴롭히고 벼랑

끝으로 데려간다는 점이다. 아무리 큰 간극도 결국은 작은 한 가지 사건에서 비롯된다. 마치 '라면 한 입'처럼 말이다. 어쩌면 갈등의 시작은 상대에게 바랐던 나의 기대와 상대를 아끼던 마음 때문이었을지도 모른다.

혹시 이와 같은 간극에서 고민한 적이 있다면 아래 질문을 스스로 던져보자.

"여기서 우리는 헤어질 것인가?"

꼭 연인관계가 아니어도 마찬가지다. 가장 먼저 그 관계를 끊어낼지 말지를 생각하자. 끊어낼 것이 아니라면 관계의 회복으로 방향을 돌려야 하는 게 아닐까? 나의 알량한 자존심보다, 무너져버린 작은 기대보다 잘 지내는 것이 나를 더 행복하게 만드는 게 아닐지 한번 생각해보면 좋겠다. 건강한 관계는 이런 상태에서 자주 결정된다.

에필로그

영국의 인지철학자 앤디 클라크Andy Clark는 '확장된 마음The Extended Mind' 이론을 제시했다. 인간은 도구와 자아가 긴밀히 연관된 '타고난 사이보그'라는 주장이다. 흔히 사용되는 '우리의 뇌가 휴대폰에 들어가 있다'는 표현뿐만 아니라 우리의 마음 또한 휴대폰에 들어가 있기에 내가 무엇을 좋아하고 싫어하는지조차 도구 없이는 스스로 알지 못한다는 것이다.

긴 시간 작가이자 글쓰기 강사로 시간을 보내오며 많은 사람을 만나왔다. 나는 그들에게 미천하지만 나를 돌아볼 수 있는 글쓰기 법을 알려줬고, 그들은 나에게 인간 군상의 다양한 시선을 제공해 줬다. 사람들의 지나온 인생을 이렇게나 깊이 파고 들어간다는 건 쉬운 기회가 아니다. 그래서 많은 걸 배울 수 있었고 깨달을 수 있었다. 글을 배우겠다고 오는 사람들에겐 두 가지 공통점이 있다.

첫 번째는 '나' 자신이 어떤 존재인지에 대해 모른다는 것이다. 무엇을 좋아하는지조차 쉽게 말하지 못하고, 진정 내가 사랑하는 것이 무엇인지, 타인에 의해 사랑하게 된 것인지 명확하게 구분하지 못한 채 혼란스러워하는 것이다. 그들에 대한 인상은 마치

'로봇' 같았다. 앤디 클라크가 말했던 입력된 대로 움직이고 행동하는 로봇 말이다.

두 번째는 그래서 다시 시작하고 싶어 한다는 것이다. 모두에겐 처음이라는 것이 존재했고, 서툴기에 갈피를 잡지 못했다. 그렇게 상처만 입은 채 굳은 로봇이 되면 포기를 경험한다. 그것이 물리적이든, 정신적이든 말이다. 하지만 그들은 다시 시작할 용기를 얻기 위해 글을 쓰고자 했다. 아마도 여기까지 책을 넘긴 대다수의 독자분 또한 다시 시작할 용기를 얻고자 하는 분들이지 않을까 싶다.

이 책을 다 읽는다고 한들 모든 용기가 다시 샘솟을 것이라고 장담하진 못한다. 나 또한 여러 번의 실패를 겪은 사람으로서 '다시 시작하는 것'은 너무나도 두렵고 어려운 일이란 걸 너무나도 잘 알고 있다. 그럼 어떻게 해야 다시 시작할 수 있을까? 그간 상처받은 마음을 치유할 수 있는 걸까? 이런 주제에 대해 생각을 하거나 비슷한 질문을 받게 되면 나는 충분히 가능하다고 말한다. 독서와 글이 할 수 있는 건 나를 '마주함'을 경험하는 것이다. 그 경험하는 것이야말로 인생의 출발선에 서는 것이다. 출발할지 말지는 여러분의 몫이지만 이 책과 함께 진짜 나를 마주하길 바란다. 비록 끝 페이지에 도달했지만, 다시 첫 페이지로 돌아가 다시 끝 페이지로 올 때까지 여러 번 나를 마주하고 또 마주하면서

언젠가 여러분 앞에 결승점이 보일 때까지 그리고 무엇이든 해낼 용기와 힘이 생길 때까지 달리길 바란다. 그때까지 이 책으로 응원의 박수를 보내며 당신을 지지하겠다.

자, 이제 당신의 차례다.

작가 이창희

당신의 첫 생각이 하루를 지배한다

초판 1쇄 발행 | 2023년 09월 26일
초판 30쇄 발행 | 2024년 06월 07일

글　　　　| 페이서스코리아(고윤), 이창희

펴낸곳　　| Deep&Wide
발행인　　| 신하영 이현중
도서기획　| 신하영 이현중
편집　　　| 신하영 이현중
마케팅　　| 신하영 이현중 윤석표
주소　　　| 서울특별시 마포구 성미산로1길 21 사울빌딩 302호
이메일　　| deepwidethink@naver.com
ISBN　　 | 979-11-91369-45-8

저희는 책에 관한 아이디어나 조언 그리고 원고 투고를 언제나 기다리고 있습니다.
deepwidethink@naver.com으로 당신의 아이디어를 보내주시고 출간의 꿈을 이루어 보시길 바랍니다.

당신도 멋진 작가가 될 수 있습니다.